JN102181

図書館版
誰でもわかる古典の世界④

誰でもわかる
名歌と名句

武馬久仁裕 編著

黎明書房

図書館版まえがき

古今の名歌二一首と、名句四七句を厳選しました。

それぞれ訳、鑑賞、面白さ、こんな人の順に紹介してあります。

訳　意訳を交え、できるだけ分かりやすい訳を心掛けました。

鑑賞　それぞれの和歌（短歌）や俳句を読む際の眼目、見どころについて述べました。

面白さ　それぞれの和歌（短歌）や俳句の表現のあり方の面白さを簡単に紹介しました。

こんな人　出身地、主な業績、生まれた年、亡くなった年などを簡単に紹介しました。

この本の特徴は、名歌と名句の鑑賞の助けとなるキーワードを、それぞれの作品に付けたことです。例えば、小野小町の「花の色はうつりにけりないたづらにわが身世にふるながめせしまに」には、〔くり返す無常〕です。その他、からまる言葉、エロス、なくてもある美、いのちへの賛歌、俗なるものの美、世界を美しく飾る（荘厳）、下にあるものは下に、両掛かり、くり返し、ひねり、一字を味わう、一語へのこだわり、ひらがなへのこだわり、オノマトペ（声喩）、別の人になる……、などです。それぞれの和歌（短歌）や俳句の読み方は、今までよりも、もっと深くもっと面白くを心掛けました。

なお、［図書館版　誰でもわかる古典の世界］（全4巻）に入れるにあたり、書名を『名歌と名句の不思議、楽しさ、面白さ』から『誰でもわかる名歌と名句』に改め、新たに「和歌を物語で楽しむ」四編を加えました。本文と合わせて、お楽しみいただければ幸いです。

二〇二〇年四月十日

武馬久仁裕

目次

2

名句の不思議、楽しさ、面白さ 27

名歌の不思議、楽しさ、面白さ

1 大伯皇女 ── わが背子を（和歌は物語とともに）

大津皇子は、その後捕らえられ、処刑されました。二十三歳でした。＊伊勢神宮に仕えた未婚の皇女。

面白さ 日本最初の歌集『万葉集』の第三巻に収められた歌です。万葉集は、和歌と詞書（歌の前に付けられたその歌の言われが書かれたもの）によって編集され、歴史物語のようなところがあります。大化の改新以後の歴史を生きた人たちの生き様を、歌によって味わうことができます。

すぐれた和歌は、物語とともにあります。その物語とともに人々は、歌を楽しんだようです。

こんな人 大伯皇女。天武天皇の皇女です。斎宮を十三年間務めました。六六一〜七〇一年。

訳 私の最愛の弟との別れを惜しんでいると、いつの間にか夜が更け、朝になってしまいました。私は、大和に帰る弟を見送りながら朝露に濡れてただ立ち尽くすだけでした。

鑑賞 この歌は、天武天皇の死後、謀反の疑いを掛けられた弟、大津皇子（天武天皇の子）が、姉である斎宮＊の大伯皇女に、最後のいとまごいに伊勢神宮まで来た時のものとされています。

弟を大和へ帰すことは死を意味します。弟を引きとめ、死を引き止めようとしても、時は過ぎてゆき、明け方の露に立ち濡れるほかないという悲しい現実が詠まれた歌です。

わが背子を大和へ遣るとさ夜深けて 暁露にわが立ち濡れし

大伯皇女

② 大伴家持 ——うらうらに（悲しい春）

訳 うらうらに照り輝いている春の日のもと、雲雀が空高くで鳴いている。そんなときはなぜか悲しい。一人で物思いにふけっていると。

鑑賞 普通ならうらうらかな春の日差しのもと、のどかに雲雀もさえずっていれば、こころもゆったりし、うきうきするはずです。しかし、この人は悲しいのです。何ともしようのないことに思いを巡らせているのです。

春になれば自然に嬉しくなるとは限らない、人のこころと自然とが一致しない時代に、この人は生きています。この人は孤独なのです。憂鬱なのです。

そこで憂鬱な孤独感をまぎらわせるために八世紀の

平城京の若き貴族は、歌を詠み、それを書き留めました。歌を書くことが、救いとなりました。楽しみとなりました。（この歌は、『万葉集』の第十九巻にあります。）

面白さ 作者、大伴家持は言っています。「このころの痛みは、歌でなければ払いのけることはできない」と。自覚的な詩人の誕生です。

こんな人 大伴家持。大伴旅人の長男です。奈良時代の貴族、歌人。律令国家内の権力闘争で藤原氏に敗北しました。『万葉集』に一番たくさん歌が収録されており、『万葉集』の編纂に関わったのではないかとされています。七一八？〜七八五年。

うらうらに照れる春日に雲雀あがり情悲しも独りしおもへば

大伴家持

3 在原業平 —— 月やあらぬ（からまる言葉）

訳 月は昔のままの月だ。春は昔のままの春だ。しかし、私自身だけが昔のままのようでいて、昔のままとは思われないのだ。悲しいことだ。

鑑賞 愛する人への思い、愛する人を失った悲しみが、「月」や「春」や「わが身」にからまるように詠まれています。

超訳してみます。

「愛する人と愛でる月でないなら、それは本当の月ではないのではないか。愛する人と過ごす春でないなら、それは本当の春ではないのではないか。愛する人がいなくても、私自身だけが変わらずもとのままのようだが、しかし、それも本当の私自身ではないのではないか。すべてが、はかなく悲しく思われることだ」と。

面白さ 平安時代随一のプレイボーイ業平が主人公の『伊勢物語』には、後に清和天皇の后となる藤原高子との一世一代の恋のことが載っています。

業平が、逢瀬を重ねた、今は廃屋となった邸宅の跡で月を愛でながら、去年の春に自分の前から消えた高子を偲び、詠んだ歌です。

恋の歌の中でも、古今の絶唱とされます。

こんな人 在原業平は、平城天皇の孫です。平安時代前期の貴族で、六歌仙、三十六歌仙に選ばれた優れた歌人です。政治的には不遇で位は従四位上に止まりました。八二五年～八八〇年。

月やあらぬ春や昔の春ならぬわが身ひとつはもとの身にして

在原業平（ありわらのなりひら）

4 小野小町 ―― 花の色は（くり返す無常）

訳 桜の花は色あせてしまったことだ。むなしく身を過ぎ世過ぎ（日々の生活）にあけくれ、降り続く雨を眺めているうちに。

鑑賞 小野小町は、絶世の美女だという言い伝えに影響され、この歌は小野小町が、自らの容色（花の色）の衰える（移る）のを嘆く歌としても読まれてきました。私の美貌もいつの間にか衰えてしまった！ 多くの恋愛を経験し、それを眺め暮しているうちに、というわけです。

「ふる」は「経る」と「降る」、「ながめ」は「眺め」と「長雨」が、掛けられています。

面白さ この歌は倒置になっています。ですから、

花の色はうつりにけりないたづらにわが身世にふるながめせしまに

頭に戻って読むことになります。

「いたづらにわが身世にふるながめせしまに花の色はうつりにけりな」といった具合に。

これが、いつまでもくり返されるのです。移ろい行く、はかない無常の世のくり返しです。

「ながめせしまに」と、文が途中で終わるので、余韻を感じます。次いで読者は、その余韻を埋めるため、「ながめせしまに」に続く言葉を求め、歌の先頭に戻って読むことになります。

こんな人 小野小町。平安時代前期の女流歌人。六歌仙、三十六歌仙の一人。百夜通ったらあなたの愛を受け入れますと言われ、九十九日目に雪の中で息絶えた深草少将の伝説は有名。☆百人一首収録。

花の色はうつりにけりないたづらにわが身世にふるながめせしまに

小野小町

5 紀友則 ── 五月雨に（心の深淵）

訳 五月雨を聞きながら物思いにふけっていると、ほととぎすが夜ふけに鳴きながら遠ざかって行った。いったいどこへ行くのだろう。

鑑賞 五月雨は、今で言う六月の梅雨です。

この歌の眼目は「ふかく」です。直接には「深夜（夜ふかく）」の「深」の「ふかく」ですが、この「ふかく」は歌のすべてをおおっています。

この人は、降り続く五月雨の音を四方に聞きながら、深く物思いにふけっています。そして、ほととぎすは、五月雨の降る夜の深い闇の中に、悲しく鳴きながらどこへともなく去って行きます。どのように生きたらよいのか思い悩み、行き迷う心の深淵（し

んえん）に迫る歌です。

面白さ 合計二百首による大規模な歌合、寛平御時后宮歌合（のおんときさいのみやのうたあわせ）の際の歌です。九世紀の終わりに、宇多天皇の命により、母后の班子女王名義で行われました。参加歌人は、他に紀貫之や壬生忠岑などで

す。歌合とは、歌人が左右に分かれて、一番ごとに同じ題で作った歌の優劣を競う歌会です。平安時代初めから始まりました。歌人は鎬を削りました。

こんな人 紀友則。平安時代前期の歌人。紀貫之のいとこです。三十六歌仙の一人で、『古今和歌集』の撰者の一人です。位は、貴族である五位に届かず正六位上で終わりました。

五月雨に物思ひをれば郭公夜ふかくなきていづちゆくらむ

紀友則

6 和泉式部 —— 黒髪の （エロス）

訳 黒髪の乱れているのも気づかず恋に悩み、顔をすっかり伏せていると、かつて目覚めた時にまず私の黒髪を掻きあげて私の顔を見た人が、真っ先に恋しく思われる。

鑑賞 「かきやりし」が良いです。なぜ良いかと言いますと、エロスがいっぱいだからです。エロス（性愛）の基本は、体で触れ合うことです。

「かきやる」とは、この場合、女性の長い黒髪を男が優しく掻きのけることです。そのとき、手を通して男の全身には、さらさらとしたしなやかな黒髪の感触が伝わります。そして、髪に触れられた女は、触れられた男の手の感触を、髪を通して全身で味わ

い、うっとりするのです。それが、後朝のことであればなおさらです。

後朝とは、一夜を共にした男女が迎える朝のことです。甘美な一夜の後のつらい別れが待っています。

「かきやりし」とは、そうした男女の思いがこもった身のこなしなのです。

面白さ 和泉式部の最後の夫は、武勇でならした藤原保昌です。彼女から内裏の紫宸殿の梅が欲しいと言われ、見事盗ってきたという話があります。

こんな人 和泉式部。恋多き平安時代中ごろの優れた女流歌人です。一条天皇の中宮、彰子に紫式部などと女房として仕えました。小式部内侍の母です。

黒髪のみだれも知らずうちふせばまづかきやりし人ぞこひしき

和泉式部

7 小式部内侍 ── 大江山（道行）

訳 大江山を経て生野へ行く道すら遠いので、さらに向うの天に向かうための橋という天の橋立まで行ったことはありません。まして、天の橋立からの手紙など見たこともありません。

鑑賞 旅の道順を歌枕*によって描く道行になっています。大江山（丹波国）→いく野（生野、丹波国）→天の橋立（丹後国）と。

そして、「大江山」の大は大きな、「いく野」のいくは、幾つもの幾と地名の生野の生と行く、「ふみもみず」は、踏みもみずと文も見ず、といったように、いくつもの意味が掛けられています（掛詞）。大きな山から幾つもの野を経て天に到る道行と、巧み

な掛詞による見事な歌です。　*歌に詠む由緒ある地名。

面白さ 歌合（一〇頁参照）に召された小式部内侍を、歌人として名高い藤原定頼が「お母さんに代わりに作ってもらった歌は、丹後から届きましたか」とからかいました。当時、母親の和泉式部は、夫の藤原保昌の任地丹後にいたのです。小式部内侍は、その場を去ろうとする定頼の着物の袖をつかんで即座に詠いかけました。「大江山いく野の道の……」と。定頼は歌を返せず、退散しました。

こんな人 小式部内侍。和泉式部の娘です。和歌に優れ、皆に好かれた人でした。出産後、二十台半ばで亡くなりました。?～一〇二五年。☆百人一首収録。

大江山いく野の道の遠ければまだふみもみず天の橋立

小式部内侍

8 藤原定家── 見わたせば（なくてもある美）

訳 いくら見渡しても桜の花も紅葉もまったくない！ここ漁師小屋のある浜辺の秋の夕暮れには。

鑑賞 日本の自然美を二つ選ぶとすれば春の桜の花、秋の紅葉です。ところが、この歌では、遠くを広く見渡しても、桜の花も紅葉もないと言います。あるのは、浜辺のわびしい漁師の小屋のある秋の夕暮れだけだと言います。

定家は桜でも紅葉でもない、「浦の苫屋の秋の夕暮」という、華やかさとは正反対のわびしさの美を発見したのです。

面白さ この歌のすごさは、これだけではありません。初めに「見わたせば花も紅葉もなかりけり」と、花も紅葉もないと否定するのですが、否定されても、一度読んだら、花と紅葉は読者の心から消えることなく残ります。（否定態の表現と言います。）その心に残った花と紅葉の面影が、わびしい漁師小屋のある秋の夕暮に重なり、秋の夕暮を荘厳（美しく飾る）こと。四四頁を参照）するのです。

花と紅葉の面影が、秋の夕暮の美しさに深みを与え、美しさを強調するわけです。

こんな人 藤原定家。貴族、歌人。『新古今和歌集』や『小倉百人一首』の撰者として、平安末から鎌倉初期に活躍しました。源実朝の和歌の先生でもあります。一一六二～一二四一年。

見わたせば花も紅葉もなかりけり浦の苫屋の秋の夕暮

藤原定家

9 源実朝 ── 世の中は（いつもと違う風景）

世の中は常にもがもな渚漕ぐあまの小舟の綱手かなしも

源実朝（みなもとのさねとも）

訳 無常の世の中であるが、いつまでも変わらないままであってほしい。しかし、普通なら渚を漕ぎ進んで行く漁師の小舟が、今日はめずらしく舳先（へさき）についた綱である、綱手を引かれて進んで行く。心引かれる風景だけに、いよいよ無常を感じ悲しく思われることだ。

鑑賞 舟というものは、海や川に浮かんでいるもので、もともと頼りなく、はかないものです。それが小舟ならましてやです。

この歌では、その**頼りない小舟**が、**無常の世**（現世（げんせ））の象徴として詠（うた）われています。海の上を漕いで揺れながら遠ざかって小さくなって行くだけでも無

常を感じさせて悲しいのに、まして、漕がれもせず人に引かれてゆらゆらと遠ざかって行く様は、一層頼りなく、悲しさがいよいよ増すのです。心引かれ目を向けたばかりに見てしまった悲しい風景なので

した。

面白さ 万葉仮名（まんようがな）（『万葉集（まんようしゅう）』は、仮名のように日本語の音に漢字を当てて書かれました）で、舟は、「不根」（ふね）（根なし草）と書かれた例もあります。

こんな人 源実朝。鎌倉幕府第三代将軍。右大臣。歌人で、藤原定家の弟子です。歌集に『金槐和歌集（きんかいわかしゅう）』があります。兄の二代将軍、源頼家（みなもとのよりいえ）の子の公暁（くぎょう）に殺されました。一一九二～一二一九年。☆百人一首収録。

14

10 橘曙覧 ── 若葉さす（いのちへの賛歌）

訳 若葉が萌えるころは、どこの山を見ても何の木を見ても美しくつややかなことだ。

鑑賞 目の前の若葉をテーマに、よけいな飾りの言葉をつけずに、やさしい言葉で詠っています。

自然のいのちの息吹を、萌え上がる若葉に見たこの人は、若葉におおわれた山々、若葉の茂る木々の麗しさにすなおに感動しています。

「麗しきかな」とは、たんに、若葉がきれいだからではありません。いのちの美しさ、素晴らしさを見て感動した言葉です。

「どこの山を見ても何の木を見ても」と畳みかけることで、すべてのいのちあるものへの賛歌になっています。

面白さ 何となく石川啄木の歌を思い出します

> ふるさとの山に向ひて
> 言ふことなし
> ふるさとの山はありがたきかな　啄木

こんな人 橘曙覧。越前国（福井県）出身の国学者、歌人。短歌の革新をめざした正岡子規が「無内容な風や月を詠うことなく、自分のこころを詠った」と絶賛しました。曙覧の歌「独楽吟」五二首は有名です。

一八一二〜一八六八年。

＊子規の歌は一六頁を見てください。

若葉さすころはいづこの山見ても何の木見ても麗しきかな

橘曙覧

11 正岡子規——瓜茄子（俗なるものの美）

訳 瓜や茄子を商う店を珍しいと思い、人力車の速度を落として狭い道を通って行くことだ。

鑑賞 たまたま人力車で通りかかった狭い小道でこの人は、めずらしいものを見つけました。しかし、それは特別のものではありませんでした。

瓜や茄子などというおよそ雅な和歌の題材とは無縁の青物を売っている店（八百屋）でした。

その青物は、人々が、日々普通に食べているありふれたものです。そのありふれたものを売っている店をめずらしく思ったのです。

なぜでしょうか。それは、瓜や茄子という俗なるもの、日常生活に染まったものに美を発見したから

です。新しい美の発見です。

この人は、その俗なる青物の美しさに打たれ、瓜や茄子を題材にした歌を作りたく思ったに違いないのです。

そこで、ゆっくり見ようと車の速度をゆるめ、青物屋のある狭い道を通って行ったというわけです。

面白さ 作者の審美眼（しんびがん）（何が美かそれを見極める眼）のありどころがよくわかる歌です。

こんな人 正岡子規。愛媛県松山出身。俳句の革新をなしとげ、ついで短歌（和歌）の革新（かくしん）に進みました。
慶応三（一八六七）年～明治三十五（一九〇二）年。

瓜茄子（うりなすび）あきなふ店をめづらしみ車（くるま）ゆるめて小道（こみち）より行く

正岡子規（まさおかしき）

16

12 石川啄木——やはらかに（三行書きの妙）

やはらかに柳あをめる
北上の岸辺目に見ゆ
泣けとごとくに

石川啄木

訳
やわらかに柳が青い芽をふき始めた、
北上川の岸辺が目に見える。
まるで私に泣けと言っているように。

鑑賞
春が来ました。この人は、不意に思い出しました。故郷の風景を。

その風景は、やわらかくいのちを包み、いのちの息吹を感じさせるものでした。それは、普通なら、人を微笑ませるはずのものです。

しかし、この風景は、この人には、「さあ、泣け」と言っているように感じられたのです。それは、目に浮かんだ風景が、この人にとっては、あまりにも幸福なものだったからです。

啄木は、三行目に「泣けとごとくに」をもってくることによって、北上川の岸辺の故郷の美しさを強調し、理想化しました。未だ志を遂げずに都会に生きる、自分の現実の代わりに。

面白さ
三行書きによって、「北上」が二行目の頭に来ます。これによって、故郷の風景の地理的位置が、遠く北にあります。ので、地図は北を上にして作られていますので、遠く北にあるイメージが生まれます。

こんな人
石川啄木。岩手県出身の歌人、詩人。明治四十三（一九一〇）年、画期的な三行書き歌集『一握の砂』を出版。短歌に新生面を開きました。明治十九（一八八六）年～大正元（一九一二）年。

17

13 伊藤左千夫──九十九里の（地名の力）

訳 九十九里浜*の波の音を遠く聞きながら、日の光を浴びて、輝く青葉の村を私は一人でやって来たことだ。 *千葉県の太平洋に面した砂浜の海岸。

鑑賞 初めの九十九里という地名が、よく効いている歌です。九は、一から九の内で一番大きな数です。その九が二つも重なったとても長い海岸線を思わせる地名です。その長い海岸の波の音を長い間聞きながら、この人はやって来るのです。

日の光も、九十九里という言葉によって、燦々と降り注ぐとても開放的な光のような感じがします。そして、その「ひかり」が「青葉の村」に続くことによって、青葉の照り映える村の姿が見えてきます。

そのような美しい村を通って光り輝く人がやって来ます。希望に満ちて。思わず読者もその世界を歩いてみたくなる、素敵な歌です。

面白さ 「九十九里」で始まり、「一人来にけり」で終わっています。九十九と一が互いに照らし合って、互いを強調し合っています。

こんな人 伊藤左千夫。千葉県出身の歌人、小説家。歌は正岡子規に学びました。数え十五の政夫と十七の民子の悲恋の物語、『野菊の墓』は、若い読者の涙を誘いました。生業は搾乳業で、「牛飼が歌よむ時に世のなかの新しき歌大いにおこる」は有名です。元治元（一八六四）年～大正二（一九一三）年。

九十九里（くじゅうくり）の波の遠鳴り日のひかり青葉（あおば）の村を一人来（き）にけり

伊藤左千夫（いとうさちお）

長塚　節──馬追虫の

馬追虫の（そよろ）

馬追虫の髭のそよろに来る秋はまなこを閉ぢて想ひ見るべし

長塚　節（ながつか たかし）

訳 馬追虫の長い髭がかさりとかすかな音を立ててやって来る。そのようにひそやかにやって来る秋は、目をつむって心の目で見なければ見られないのだ。

鑑賞 藤原敏行（ふじわらのとしゆき）の『古今和歌集』（こきんわかしゅう）の歌、

秋きぬと目にはさやかに見えねども風の音にぞおどろかれぬる（秋が来たとは目にははっきり見えないけれど、風の音にはっと気づかされたよ。秋が来たことに。）

は、音（耳）で秋の訪れを際立たせた名歌です。

長塚節のこの歌も、秋の訪れをとらえようとしたことでは一緒ですが、訳で述べましたように、敏行とは違った視点で書かれた名歌です。

敏行の歌では、風の音で秋をとらえたところで終っています。しかし節の歌では、馬追虫の長い髭が立てる微妙な音の元、秋というものそのものをイメージ化（想ひ見る）してとらえよと言っています。

面白さ 「そよろ」は、物が何かにあたり、かすかな音を立てることです。多くの人は、この「そよろ」をそのまま読まずに、秋風に触れるとか、秋風にそよぐとか解釈しますが、これは馬追虫の長い髭（触覚）が、秋そのものに触れて立てる音なのです。

こんな人 長塚節。茨城県出身の歌人、小説家で、正岡子規の歌の弟子です。明治十二（一八七九）年〜大正四年（一九一五）年。

19

島木赤彦──月の下の（さびしさ）

訳 地上を照らす月の光の弱さをさびしがって、踊り子の体がくるりとまわったことだ。

鑑賞 青白い月の光の下で踊る踊り子を見物していた人の目には、訳のように見えたのです。

月の光は、太陽の光と比べてずっと弱くさびしいものです。その光のさびしさを感じた踊り子の体は、さびしさを振り払うかのように、くるりと回転しました。くるりと回って再びその顔を見せた時、踊り子の表情はきっと明るくなっていたことでしょう。

気持ちのよい歌です。

踊り子が力強くあざやかに回転したことは、「からだくるりとまはりけるかも」という、力強くなめ

らかな音の連続と、ひらがな表記から感じ取ることができます。大正三年、八丈島での歌です。

面白さ 赤彦の歌には、さびしさをテーマにした歌が多いです。先の歌と同じ時のものです。

島芒舌にあつれば塩はゆしこころさびしく折りにけるかな（島のすすきを舌に当てたらしょっぱかった。そうしたらなぜかさびしくなったので、そのすすきを折ってしまったことだ。） 赤彦

こんな人 島木赤彦。長野県出身の教育者、歌人です。短歌雑誌『アララギ』を再建し、大正時代の歌壇をリードしました。明治九（一八七六）年～大正十五（一九二六）年。

月の下の光さびしみ踊り子のからだくるりとまはりけるかも

島木赤彦

若山牧水──海底に （海の深さ）

訳 深い海の底に眼のない魚が棲んでいるという。その眼の無い魚の恋しいことよ。

鑑賞 深い海に棲む眼のない魚を、なぜこの人は恋しく思うのでしょう。

それは、見えないことによって、海底に棲む魚のこころは、まだ汚れていないからです。この人は、もう十分外の世界を見て、こころが汚れてしまっているのです。だからこそ、「眼のなき魚」「眼の無き魚」とくり返し、眼の無い魚を切に恋しく思うのです。

面白さ 上は「眼のなき魚」で、下は「眼の無き魚」になっています。なぜでしょう。

それは、一首全体が、牧水の描いた海だからです。

歌の上から下へと、しだいにこの海は深くなって行きます。

漢字の「眼の無き魚」のいるところは、ひらがなの「眼のなき魚」のいるところより深いのです。その分「なき」より「無き」の方がなきが強調されることになります。歌に奥行きを持たせるためのレトリック（言葉の綾）です。

こんな人 若山牧水。宮崎県生まれ。旅を愛し、酒を愛した歌人でした。石川啄木の最期を看取った一人でもあります。明治十八（一八八五）年～昭和三（一九二八）年。

海底に眼のなき魚の棲むといふ眼の無き魚の恋しかりけり

若山牧水

与謝野晶子——下京や（からかったのは誰）

訳 京都の下京にある口紅屋の入口をくぐった男は、なんと可愛いことでしょうと、春の夜のお月さまが見てらしたわよ。

鑑賞 女性作家が男性を可愛いと言い切る立派さ、場面立ての美しさ、面白さを兼ね備えた歌です。

「下京や紅屋が門をくぐりたる」までは、おかしくありません。しかし、「男」で、おや？　と思います。そして、その後にくる「かわゆし」で、おお大したものだと読者を感心させます。

最後は、「男かわゆし春の夜の月」で収められますが、これがなかなかなものです。朧な春の夜の月の光のもとのおぼろな出来事であるのは明白です

が、さらに仕掛けがあります。

この愛すべき男を「かわゆし」と思っているのは、歌の中では、一切を見ていた「春の夜の月」なのです。

作者は、こっそり思い人へのプレゼントを買いに来てもお月様がお見通しですよ、とお月さまになってからかっているのです。

面白さ 「下京」は、京都の下町ですが、下町であっても「京」の一文字が、この歌に雅な感じを出しています。

こんな人 与謝野晶子。大阪府の堺出身。近代最大の女流歌人です。歌集『みだれ髪』など多数。明治十一（一八七八）年～昭和十七（一九四二）年。

下京や紅屋が門をくぐりたる男かわゆし春の夜の月

与謝野晶子

北原白秋——君かへす（世界を美しく飾る）

訳 雪の積もった朝の敷石を、一夜自分のもとに泊まった君は、さくさくと踏んで帰って行く。帰したくない！ 雪よ、せめて林檎の香りが降るように甘い美しい香りをもってさくさくと降ってくれ。

鑑賞 引き止めるかのように降り出すやらずの雨ならぬ、やらずの雪ですが、道ならぬ恋ですから愛する人は帰さねばなりません。そこで、雪への呼びかけです。

男は、彼女のつらい身上を思い、「雪よ、引き止めることができないのなら、林檎の香りが降るように甘く美しく、彼女の帰り道にさくさくと降ってくれ」と願います。

男は、彼女のつらい帰り道を、せめて幸せの象徴である林檎の香りで美しく飾ろうとしたのです。これを荘厳（四四頁を参照）と言います。

面白さ 「さくさく」は、「雪の舗石さくさくと」と、「さくさくと雪よ林檎の香のごとくふれ」のように上と下の両方に掛かります。林檎の香りのように降る雪は、かろやかにリズミカルに、甘く降ります。

こんな人 北原白秋。福岡県柳川出身。優れた詩、短歌、童謡、民謡などを発表し、国民的な詩人として活躍しました。明治十八（一八八五）年～昭和十七（一九四二）年。

君かへす朝の舗石さくさくと雪よ林檎の香のごとくふれ

北原白秋

前田夕暮──向日葵は（いのちの神々しさ）

訳 向日葵の花は金色の油を身に浴びたかのようだ。ゆらりと揺れたかと思うと、その向日葵の花は、小さな日を押しのけて空高く輝いていたのだ。

鑑賞 この歌では、大きな日（太陽）も、下にありますので小さく見えます。「日の小ささよ」という言葉に真実味があります。

上にある「日」の字を含んだ向日葵は、大きく見えます。金色の油を身に浴びたように黄金色に輝いている堂々たる向日葵の花が目の前に現れます。そして、ゆらりと揺れた瞬間、向日葵の花は日の高みに上ります。

それに対し日は、軽い小さな物のように、ゆらり、

と揺れて己の場を向日葵にゆずったのでした。向日葵のいのちを神々しいばかりに詠んだ歌です。そして、鑑賞で述べたように、「ゆらり」が、向日葵と日の両方に掛かり、この歌の世界を揺るがし、一変させるものだからです。

面白さ では、「ゆらり」の傍点は何でしょう。これは、鑑賞で述べたように、「ゆらり」の傍点は何でしょう。

また、ゆらりゆらりと揺れたときにこぼれる油のしずくの姿を形にしたものとしても読めます。
（これを形象化といいます。）

こんな人 前田夕暮。神奈川県出身。若山牧水とともに自然主義の二大歌人と言われました。明治十六（一八八三）年～昭和二十六（一九五一）年。

向日葵は金の油を身にあびてゆらりと高し日のちひささよ

前田夕暮

⑳ 斎藤茂吉──赤茄子の

赤茄子の（世界を真逆に飾る）

訳 赤茄子（トマト）の腐っていたところからそれほど行ってはいなかったのだ。

鑑賞 不思議な歌です。でも、手がかりはあります。第一の句にトマトとは言わず「赤茄子」という言葉を使ったことです。

この歌は、天辺に「赤」という言葉を戴く、腐った赤茄子の照らす世界なのです。この人は、その赤茄子の照らす世界から出たと思ったのですが、実は出てはいませんでした。歩んだ距離が意外に少なかったのです。それが「幾程もなき歩み」です。よく考えてみれば、どうってことのない腐ったトマトがあっただけです。しかし、この人は、どうっ

てことのない腐ったトマトのある世界から出ることはできませんでした。それが、この人の限界です。

腐った真っ赤なトマト、赤茄子にも及ばない卑小な己なのでした。あるがままの自分をとらえようとした歌です。

面白さ 仏教では、仏様の世界を美しく飾ることを荘厳といいます。腐った赤茄子によって世界を照らすことは、真逆の荘厳といえます。

こんな人 斎藤茂吉。山形県出身の近代を代表する歌人です。本業は、精神科医でした。明治十五（一八八二）年～昭和二十八（一九五三）年。

赤茄子の腐れてるところより幾程もなき歩みなりけり

斎藤茂吉

吉井 勇 —— かにかくに (下にあるものは下に)

訳 何やかや言っても花街、祇園は恋しいものだ。寝る時も枕の下を水が静かに流れて行く。

鑑賞 枕の下を静かに水が流れるのは、遊びづかれて祇園の座敷で横になっている人の、イメージの中でのできごとです。実際は、近くを流れるか川の静かな流れの音を聞いてのことです。

しかし、枕の下を静かに水が流れていくという世界はなんと素敵なことでしょう。この人は、おだやかな自然の上で安らいでいるのです。それも祇園という花街の自然の上で。蕩児の名をほしいままにした作者ならではの歌です。

面白さ この歌は、読者にとても説得力があります。

それは、「枕の下を水のながるる」がこの歌の一番下 (下の句) に来ているからです。下を流れるのですから、下に持ってくるのは理にかなっています。

また、静かに流れると読めるのは、「流るる」ではなく、「ながるる」とひらがなになっているからです。ひらがなは優しい感じがします。

こんな人 吉井勇。東京出身の歌人、劇作家。花街をテーマにした耽美的な作風で知られています。明治十九 (一八八六) 年～昭和三十五 (一九六〇) 年。

こんな歌も 勇は恋の歌が巧みでした。

くちづけを七度すればよみがへる恋と軽んじくちづけをする

勇

かにかくに祇園はこひし寐るときも枕の下を水のながるる

吉井 勇

名句の不思議、楽しさ、面白さ

松尾芭蕉──古池や（荘厳〔美しく飾る〕）

古池や（荘厳〔美しく飾る〕）

訳 古色を帯びた池がある。そこに、蛙の飛び込む音がした。

鑑賞 この句の眼目は、蛙が飛び込んだ後に聞こえた「水のおと」です。このなんでもない水の音が、古池に静かに響き、ずっと昔からあった、古色を帯び静まり返った古池を、荘厳（美しく飾ること）するのです。音が絶えた後の、再び静まり返った古池の新鮮さがその結果です。芭蕉は、蛙が飛び込む音という俗なるもので、古池という雅なるものを飾ったのです。【季語‥蛙。季節‥春】

面白さ 「蛙は何匹か？」という議論がありますが、ふつう、この句の蛙が何匹か考えて読む人は、おそらくいないでしょう。なぜなら、この句には「蛙」という字は、一字しかないからです。一字ならまず一匹をイメージします。

また、この句を声を出して読んでください。「古池や（ふるいけや）」と読み、「古池」をイメージした後で「蛙飛こむ（かわずとびこむ）」と読みますが、「古池や（ふるいけや）」と読んだ時より速く読んでいることに気づくでしょう。蛙が飛びこむ瞬間を実感するときです。

こんな人 松尾芭蕉。伊賀上野（三重県）出身。文学としての俳諧を打ち立て、旅の中に真の芸術を求め続けました。一六四四～一六九四年。

古池や蛙飛こむ水のおと　松尾芭蕉

松尾芭蕉 ── 閑さや（両掛かり）

訳 しずかさが岩にしみ込んで行くように、岩にしみ込んで行くのだ、蟬の鳴き声が。

鑑賞 書いてある通りにすなおに読みます。

まず上から「閑さや岩にしみ入」と読みます。「ああ、なんというしずかさ。限りなくしずかさが、固い大きな岩にしみ込んで行く」と。

次に「岩にしみ入蟬の声」と読みます。「そのしずかさがしみ込んだ固い岩に、しみ込んで行くのだ蟬の鳴き声が」となります。

と「岩にしみ入」を上と下両方に掛けて読みます。

蟬噪蛙鳴と言われるように、騒々しいことの代名詞の蟬の鳴き声を持ってきて、蟬の鳴き声が、しずかさの塊になった岩にしみ込んで無となる様を表現したのです。

蟬の声が固い岩にしみ込んで行くことに違和感を覚えないのは、その前に、「閑さや岩にしみ入」という納得のフレーズがあるからです。これが、俳句的レトリック（言葉の綾、言い回しなどと言った言葉の仕掛け）です。しずかさの極致を堪能できる俳句です。【季語‥蟬。季節‥夏】

* 作者については、28頁参照。

①

②

閑さや岩にしみ入蟬の声

閑さや岩にしみ入蟬の声　松尾芭蕉

田捨女 —— 雪の朝（くり返し）

訳 朝起きると雪が降っていた。道には二の字二の字と下駄の跡が続いていたことだ。

鑑賞 この俳句の面白さは、雪の朝の光景を、文字の形で表現したところにあります。下駄の跡と漢字の二が似ていることを発見したのです。ところが、下駄の跡は、＝です。正確には二ではありません。しかし、そう言えば似ているなあ、と読者が面白がるわけです。【季語‥雪。季節‥冬】

近代にもこのような技法を使った俳句があります。川端茅舎の次の句です。（五四頁参照。）

ぜんまいのの字ばかりの寂光土　茅舎

面白さ 「二の字二の字」とありますが、このようにくり返されますと、二がどんどん続いて行くようです。また、・のでつないで行くので、歩いて行くようにも感じられます。

捨女、六歳の句と伝えられますが、自筆句集による『田捨女句集』には収められていません。

ちなみに、本の文字がまだ金属活字だったころ、伏字は活字をひっくり返して、＝（活字の足）を入れました。これを業界では下駄とよびました。

こんな人 田捨女。丹波（兵庫県）出身の俳人。芭蕉も学んだ北村季吟に俳句を学びました。一六三三年〜一六九八年。

雪の朝二の字二の字の下駄のあと　田捨女

4 宝井其角 —— 鐘ひとつ（二重の否定）

【訳】 お寺の鐘が一つも売れない日はない、すばらしい江戸の春であることだ。

【鑑賞】 本当に毎日鐘が売れなくても、毎日売れるように思わせてしまうのが、「売れない・・・日はない・・・」という、二重否定をうまく使った、この俳句の力です。

「なになにでないことはない・・・・・・」と、否定に否定をかさねられますと、読者はふつうの判断ができなくなり、結局「全部なになにである」（肯定）ということか、そういうものかと思わせられてしまうのです。

そして、最後にダメ押しの「江戸の春」です。

春爛漫の江戸を意味すると同時に、「江戸の春」の

「春」は、「我が世の春」の「春」でもあります。江戸の繁栄ぶりを描いた俳句です。【季語…春。季節…春】

【面白さ】 赤穂浪士の討ち入りの前日、其角は、煤払いの竹売りとなった弟子の大高源吾に両国橋で偶然出会いました。そこで、「年の瀬や水の流れと人の身は」（五・七・五）と前句を示したところ、源五は「あした待たるるその宝船」（七・七）と付けました。（歌舞伎「松浦の太鼓」より）

【こんな人】 宝井其角。江戸生まれの俳人。芭蕉の優れた弟子です。一六六一年～一七〇七年。

鐘ひとつ売れぬ日はなし江戸の春　宝井其角

31

森川許六――涼風や

涼風や（重ね合わせ）

訳 涼しい風が天地を吹き抜け、青田の上の空には白い雲が浮かび、青田には白い雲が映っているのだ。

鑑賞 大きくなった稲の苗が青々としている青田に映った雲を詠んだだけなのに、不思議な気持ちになります。

それは、「青田の上の空の本当の白い雲」と「青田に張られた水の上に映った白い雲」が、**読む者の頭の中でまざった光景が現われる**からです。

その上と下の雲の両方を包んで涼風が吹き抜けるのです。気持ちの良い句です。【季語：涼風、青田。季節：夏】

面白さ この句は、「青田の上の雲」と「青田の上の雲のかげ」と二通りに読むところに面白さがあります。

鑑賞のところで述べたように、二通りの読みが頭の中で重ね合わされるのです。

そう読むことによって、よりこの句が面白くなるわけです。

こんな人 森川許六。彦根藩士。元禄五年、芭蕉に入門。許六とは諸芸に通じているという意味で、槍、絵画、漢詩などもよくしました。芭蕉の絵の先生でもありました。一六五六年～一七一五年。

涼風や青田の上の雲のかげ

森川許六

6 池西言水──凩の (生と死)

訳 凩にもやはり行き着くところあったんだ。そこは海鳴りの聞こえるところだ。

鑑賞 木枯は、名前の通り、木を枯らさんばかりに吹く冷たい厳しい風です。では、その木枯は一体どこまで行くのだろう、という疑問に答えた俳句です。

答えは、この句に書かれています。

読者は「凩の果てはありけり」と先ず読みます。そして、「ありけり」の後に目に飛び込んでくる言葉は「海」ですから、「ああ海か」と合点が行くのです。**答えは「海」**です。

木枯は海に出て果てるのです。果てたあとに、木枯の魂を鎮めるかのように海鳴りが聞こえて来ると

いうわけです。【季語…凩。季節…冬】

面白さ この句のこがらしは、「凩」という凩のような漢字が使われています。一方、昭和一九年に作られた山口誓子の有名なこがらしの句は、

海に出て木枯帰るところなし　　　誓子

です。それぞれの句のこがらしは、言水は、糸の切れた凩のような哀れさ、誓子は「枯れること」即ち死に重きを置いたのかもしれません。

こんな人 池西言水。奈良生まれ。この句が大変有名になり、「凩の言水」と言われたそうです。

一六五〇年～一七二二年。

凩の果てはありけり海の音　　池西言水

7

服部嵐雪 ── 梅一輪（くり返し）

訳 梅が一輪一輪咲くたびに一輪分だけ暖かくなって行くようだ

鑑賞 梅が一輪咲くほどの暖かさが、いくつも重なって、一日一日暖かくなっていく感じがでています。

一輪、一輪だから二輪咲いたのではなく、言葉のくり返しは、三輪、四輪……と、次々咲いて行くように読者に感じさせます。

そして、単に同じことがくり返されるだけでなく、どんどんとあることが深まっていく感じを読者に与えます。この場合は、春が深まって行きます。【季語…梅。季節…春】

面白さ いちりん、いちりん、いちりんのりんりんという言葉のひびきと、車輪が回り、一歩一歩本当の春に近づいていく感じが、**漢字の字面と響きからも感じられます。**

こんな人 服部嵐雪。宝井其角と並び、江戸で活躍した、芭蕉の優れた門人です。一六五四年〜一七二三年。

こんな句も この句も、嵐雪の句です。

京都へ行くとガイドさんからよく聞く

布団着て寝たる姿や東山　嵐雪

梅一輪一輪ほどの暖かさ　服部嵐雪

8 上島鬼貫 —— 行水の （俗と雅）

行水の （俗と雅）

[訳] 行水をした水を捨てるのをためらうほど、周りでは秋の虫がよく鳴いているなあ。

[鑑賞] この人は、行水（庭などで、たらいで体を洗うこと）を終えて、たらいの湯を庭に捨てようとしました。

しかし、行水をしていた時には気づきませんでしたが、行水をやめ、使った湯を捨てようとした時、庭では秋の虫たちが鳴いていることに気づきました。

そこで、この人は、湯を捨てるのをためらいました。風情ある虫の声の力がそうさせたのです。「行水」という生活（俗なるもの）のひとこまから「むしの

こゑ」を愛でるという風流（雅）なものへの展開が自然になされています。【季語‥むしのこゑ。季節‥秋】

[面白さ] 「捨どころなき」の「なき」は、「無き」と「鳴き」の掛詞になっています。

　　行水の捨所なしむしのこゑ　　鬼貫

の形の句も伝わっているようですが、これでは「なき」がなくなり、面白くありません。

[こんな人] 上島鬼貫。「まことの外に俳諧なし」と言って、飾らず、技巧をこらさない、素直な句を大切にしました。「東の芭蕉、西の鬼貫」と言われました。一六六一年〜一七三八年。

行水の捨どころなきむしのこゑ　　上島鬼貫

⑨ 加賀千代女──夕顔や（掛詞）

夕顔や女子の肌の見ゆる時

加賀千代女

【訳】 夕顔の白い花が咲いた。若い女が白い肌を見せて夕涼みをするころに。

【鑑賞】 おそらく若い女性は、浴衣の胸元をはだけて涼を取っているのでしょう。色っぽい俳句です。

夏の季語「夕顔」には、紫式部の『源氏物語』に登場する光源氏の恋人の名前が掛けられています。

「夕顔」は、はかない生を終えた女性です。

王朝文学『源氏物語』ゆかりの「夕顔」という言葉によって、この句は、夕涼みとはいえ、若い女性が肌を戸外で見せるという、あまり勧められないことが、雅な雰囲気ただよう美しいエロスの世界となりました。

【季語…夕顔。季節…夏】

【こんな人】 加賀千代女。加賀（石川県）の女流俳人です。一七〇三〜一七七五年。

【もう一句】 千代女といえば、この句です。

朝顔に釣瓶とられてもらひ水　千代女

朝、水を汲みに井戸にやってきました。しかし、つるべ（井戸水を汲む桶）には、朝顔の花が巻き付いていました。この人は、**朝顔の美しさに感動し、**つるべから朝顔を取り払うことができなかったのです。ただ、千代女は「朝顔に」のにが気になったようです。後年「朝がほやつるべとられてもらひ水」に直しています。にでは説明的になるからです。この推敲、読者の皆さんは、どう思われますか。

10 横井也有 ── ゆく春や（ひねり）

訳 今年も春が行ってしまう。桜の花に汚れた荷ない茶屋*をあとに残して。 *移動式の茶屋。

鑑賞 茶を立てるセットを担いで花見客でにぎわうところに店を出した移動式の荷ない茶屋も、春の終わりとともに、変色した桜の花びらがいくつも貼り付いて汚れてしまっていたのでしょう。

春の終わりの寂しさを詠んだ句です。【季語…ゆく春。季節…春】

面白さ しかし、この俳句の眼目は、「花によごれし」という表現です。事実は鑑賞で書いたようなことかもしれませんが、「花によごれし」と書かれていますので、書かれた通りに読むと、面白く鑑賞できま

す。

「花という美しいものによって汚れている」と、文字通り読むわけです。しかし、これではつじつまが合いません。だが、作者はこう書いているのです。

この荷ない茶屋の主は、花見を楽しむことなく、花の下で散る花びら浴びながら、働くだけでこの春を終わったのです。作者はそれを「花によごれし荷ひ茶や」と表現したのです。

そんな荷ない茶屋を残して、楽しいはずの春は行ってしまうのです。

こんな人 横井也有。俳人で、諸芸に通じた趣味人でした。尾張藩士。一七〇二〜一七八三年。

ゆく春や花によごれし荷ひ茶や（にないぢゃ）

横井也有（よこゐいやゆう）

37

11 与謝蕪村──夏河を（別の人になる）

訳 夏の河を渡るのは気持ちがよくて、うれしいな！草履を脱いで渡るんだ。

鑑賞 この俳句は書かれた通りです。暑い夏の昼間、冷たい水の流れを裸足で渡るうれしさを詠んだものです。

しかし、不思議なことに、うれしさの元、裸足の「足」という言葉が使われていません。これは、ない方が読者の想像力をかき立てるからです。「手」を書くことで、「足」を思わせるのです。上手ですね。【季語：夏河。季節：夏】

面白さ この句にはもう一つ不思議なことがあります。それは、「夏川」ではなく「夏河」となっていることです。五月雨（梅雨）の大河の前に肩寄せ合う二軒の家を置いた蕪村の名句

さみだれや大河を前に家二軒　蕪村

の大河と同じ「河」です。なぜ小川をイメージさせる「川」ではないのでしょう。

それは、この俳句は、小さな子どもの心に寄り添って（子どもの心になって）作られているからです。「うれしさよ」というのは、子どもの心そのものです。小さな子にとっては、小川も河なのです。さすが蕪村！

こんな人 与謝蕪村。俳人、画家。摂津（大阪府）出身。一七一六年～一七八三年。

夏河を越すうれしさよ手に草履　与謝蕪村

38

12

夏目成美 —— 白ぼたん（末期の美）

白ぼたん崩れんとして二日見る 夏目成美

訳 白ぼたんの花が崩れ散ろうとしていたので、二日間じっと眺めていたことだ。

鑑賞 牡丹の花は、あたかも崩れるように花弁がばらばらになって一度に散ってしまいます。

生あるものは必ず死に、形あるものは必ず消滅すると言いますが、この句は、白ぼたんの花という生あるものの尽きる寸前の美を描いたものです。

真白く輝くあでやかな白ぼたんの花は、「二日見る」とありますように、崩れる気配を見せてから、三日後に消滅してしまいました。

この白ぼたんを二日間見ていた人は、二日間息をこらして、この世の美そのものである末期の白ぼた

んの花を、見つめていたのです。

【季語…白ぼたん。季節…夏】

面白さ この句では、「白牡丹」ではなく、「白ぼたん」になっています。二つ理由があります。

一つは、ひらがなの持つ白のイメージです。

もう一つは、ひらがなの持つばらばら感です。

こんな人 夏目成美。浅草の札差（金融業者）で、江戸でも有力な俳人でした。小林一茶の庇護者でもありました。一七四九〜一八二三年。

こんな句も ひらがなの中の日の字が良いです。本当に撫子のふしぶしに日が差しているようです。

撫子のふしぐしにさすゆふ日かな 成美

13 岩間乙二 ── あぢさゐや （紫陽花）

あぢさゐやしまひのつかぬ昼の酒

訳 紫陽花を見ながら飲む昼の酒はきりがないなあ。

鑑賞 昼間から酒を飲むのは、尋常ではありません。その尋常でない様子を、紫陽花の花をからめて詠んでいます。

紫陽花は、白からしだいに色が変化します。花の名を七変化ともいいます。このように変化する尋常でない雰囲気を持つ花なのです。

そのような花を見ながら、自身も顔色をしだいに変えてとめどもなく酒を飲んでいるのです。

「しまひのつかぬ（終わりのない）」という言葉に、この人のどうにもならないやるせなさが、よく表さ

れています。 【季語‥あぢさゐ。季節‥夏】

面白さ 「あぢさゐやしまひのつかぬ」というくねった形を持つひらがなの連続は、昼酒を飲んでいる人の酩酊してゆく様を表しています。

身体も足もふらつき、呂律も回らない感じがしませんか。

こんな人 岩間乙二。陸前（宮城県）の俳人で、権大僧都です。江戸へ出て夏目成美などと交わりました。また、蝦夷地（北海道）の箱館（函館）に二度行き、俳諧を指導しました。一七五六～一八二三年。

あぢさゐやしまひのつかぬ昼の酒　　岩間乙二

14 小林一茶──痩せ蛙（ひねり）

訳 痩せ蛙よ、負けるな！　一茶がここで応援しているぞ。

鑑賞 痩せ蛙は、「まけるな一茶是にあり」と言われると、回しをした痩せ力士の蛙に変身します。しかし、なぜ「痩せ蛙」なのでしょう。実は、それが、俳句特有のひねりなのです。

おお蛙まけるな一茶是にあり

では、句になりません。大蛙と貧相な痩せ蛙が相撲をとれば、体格差で明らかに貧相な痩せ蛙が不利です。だからこそ、一茶は貧相な痩せ蛙に勝たせたいのです。これが、ひねりです。

これは、弱い者の側に立つ一茶の姿勢であるとと

もに、俳句を書く場合の一茶の姿勢でもあるのです。

【季語‥蛙。季節‥春】

面白さ 一茶のこの句に似ているものに、『鳥獣戯画』の蛙とうさぎが相撲を取っている場面があります。同じくらいの大きさに描かれていますが、見る者には、実際の大きさの蛙とうさぎの面影が重なって見えます。

そして、実際は大きなうさぎは、実際は小さな蛙に負けてしまうのです。これがひねりです。

こんな人 小林一茶。信濃（長野県）出身。貧しい人の立場からの俳句も有名です。一七六三～一八二七年。

痩せ蛙まけるな一茶是にあり　小林一茶

15 酒井抱一 ── 星一つ （上にあるものは上に）

訳 夜空に星を一つ残して、落ちて行く花火だなあ！

鑑賞 訳のように、とても平易な句です。しかし、平易な中になかなか味わいのある句です。

この句、上にあるべき「星」は上に、下にあるべき「落つる花火」は下にあります。だから、この句を読んだとき、違和感なく、すんなり心に入ってきます。

夜空に星が一つ輝き、その下には崩れて落ちて行く大輪の花火のある美しい光景です。星は、花火が光を失ったからこそ、空の天辺でひと際光り輝くのです。

【季語…花火。季節…秋】

面白さ 花火は落ちてすぐに消えてしまいます。ところが、一句に「花火」という言葉がありますので、たとえ「落つる花火かな」と書かれていても、読者の脳裏からまったく「花火」が消え去ることはありません。

しかし、はっきりと大輪の花火があるわけではありません。**大輪の花火は、面影として残ることになります。** その結果、大輪の花火の面影と星が重なり、美しい夜空が脳裏に浮かびます。

こんな人 酒井抱一。姫路藩主の弟です。尾形光琳に傾倒した画家であり、俳人です。一七六一～一八二八年。

星一つ残して落つる花火かな

酒井抱一

作者不詳──米洗ふ

米洗ふ（てにをはだけでなく）

訳 米を洗っていると、私の前を蛍が二つ三つと飛んでいくことだ。

鑑賞 夜中に、外で明日の朝に炊くお米を洗っている人がいます。その目の前を飛び交う蛍が、働く人の目を楽しませています。

そして、米を洗う人の前を飛び交う蛍の二つ三つの光は、白い米粒の二つぶ三つぶを一瞬美しく浮かび上がらせます。

蛍の光ごときで米粒が照らされて見えるはずがないと、言わないでください。一瞬見えては消える白い米粒の美しさを、この句が読者に見せてくれるのです。【季語…蛍。季節…夏】

面白さ この句、初めは、

米洗ふ前に蛍の二つ三つ

でした。俳人はこの句を、高名な歌人、香川景樹（かがわかげき）に見せにいきました。**景樹は、これはだめだと、「前に」を「前を」に添削（てんさく）したのです。**

「前に」では、前にただいるだけで、止まっていることになります。「前を」にしますと、前を飛んでいることになります。飛んでいる方が、蛍は美しいというわけです。

この句は、小学校の授業では、日本語の「てにをは」の微妙な働きを教えるのによく使われる教材です。

江戸時代の終わり頃の俳句です。

米洗ふ前を蛍の二つ三つ（ふたつみつ）

作者不詳（さくしゃふしょう）

17 正岡子規 ── 柿くへば（荘厳【美しく飾る】）

訳 柿を食べたら鐘が鳴ったのだ。ここ法隆寺では。

鑑賞 この句に対して、「どうして、柿を食べると鐘がなるのか？」と言った問いがよくなされます。それにお答えしましょう。

おいしい旬の柿を食べれば至福の時がおとずれます。その至福の時を荘厳する（美しく飾る）ために鐘が鳴ったのです。その鐘は、ほかでもない、聖徳太子が開いたありがたいお寺、法隆寺の鐘の音だったのです。この句には、充足感があります。心安らかな秋の日の幸せなひとときがあります。【季語…柿。季節…秋】

面白さ ここでは、「荘厳」というとらえ方で、こ

の句を味わいました。

荘厳とは、もともと仏教の言葉で、仏像や仏殿、仏壇、仏具などを七宝で美しく飾り、仏の世界をおごそかなものにすることです。

その荘厳を、おごそかさはほどほどにして、世界を美しく飾るという意味に広げてみたのです。もちろん仏教的なものから自由になった言葉として使っています。

こんな人 正岡子規。愛媛県松山出身。近代俳句の創始者。写生という文学の方法を実践し、俳句、短歌、散文に大きな影響を与えました。慶応三（一八六七）年〜明治三十五（一九〇二）年。

柿食へば鐘が鳴るなり法隆寺　正岡子規

44

18 夏目漱石——菫程な（すらすら読めない）

【訳】 菫くらいの小さい人に生まれたいものだ。

【鑑賞】 ふつうは「菫程の」となるところを、「菫程な」となっています。漱石の小品「文鳥」に、文鳥が粟粒を食べている時に出す音を「菫ほどな小さい人が、黄金の槌で瑪瑙の碁石でもつづけ様に敲いているような気がする」と書かれています。漱石が俳句と散文で使っているこの「菫程な」は、「菫程なる」の「る」が取れて縮まったものです。意味は「菫ほどの」とほぼ同じでしょう。

この俳句からは、**大きなものほど立派だと思っている、我欲に満ちた近代人などごめんだと言っている**、我欲に満ちた近代人などごめんだと言っている声が聞こえてきます。このようなテーマを表現する

るには、俳句はうってつけの小さな器でした。【季語…菫。季節…春】

【面白さ】 「な」は「の」と変わらないかもしれませんが、現代の読者は、「菫程な」と言われると、すらすらと読むのをためらいます。それによって、小さいのが丈だけでなく、この世での自分のあり方も含まれるように思えてこないでしょうか。

芭蕉の次の句の近代版と言えます。

　山路来て何やらゆかしすみれ草　　芭蕉

【こんな人】 夏目漱石。江戸生まれ。日本近代を代表する小説家で、俳人の正岡子規の友人です。慶応三（一八六七）年～大正五（一九一六）年。

菫程な小さき人に生れたし　　夏目漱石

尾崎放哉——花がいろいろ（ひねり）

訳 花がいろいろ咲いたが、みんな売られてしまうのだ。

鑑賞 五三頁の山頭火と同じ自由律の俳句です。美しく咲いた花は、ふつうなら花入れに活けられ、部屋などに飾られます。

しかし、俳句ですから、そうはなりません。「みんな売られる」のです。

美しいが故に売られるいのちあるもののさびしさが、口語によるリズムに乗って、詠われています。

【季語……なし。無季の句です】

面白さ 「花がいろいろ咲いてみんな飾られる」とならず「花がいろいろ咲いてみんな売られる」とす

るところがひねりです。ひねることによって、真実が見えてきます。

こんな人 尾崎放哉。鳥取県で生まれ、東京大学を卒業後、保険会社に就職。最後は、瀬戸内海の小豆島で寺男として亡くなりました。『層雲』主宰の荻原井泉水門下。同門の山頭火と双璧をなす自由律の俳人です。明治十八（一八八五）年〜大正十五（一九二六）年。

こんな句も 放哉は自由律の名句をいくつも残しました。さびしさがにじみ出ています。

こんなよい月を一人で見て寝る　放哉

咳をしても一人　放哉

花がいろいろ咲いてみんな売られる　尾崎放哉（おざきほうさい）

46

内藤鳴雪 ── 貰ひ来る（俗と雅）

訳 茶碗に入れてもらってくる金魚のあでやかなことよ。

鑑賞 買うことも成らぬ金魚を、思いもかけず貰いました。

金魚鉢を持って出かけたのではありません。茶碗というありあわせのいつも使っている雑器を持って、ほかならない金のつく豪華な美しい魚、金魚をいそいそと貰いに行ったのです。

俗っぽい器だからこそ、雅な魚、金魚がよりあでやかに泳ぐ姿が目に見えます。**俗が雅を引き立てている**のです。

貰った人の金魚へのいとおしさがしのばれる俳句

面白さ 一番下に「金魚かな」と持ってくることによって、小さな茶碗の中ですが、金魚が広いところで自由に泳いでいるように感じられます。

それは、「金魚かな」の後には、何もないからです。白紙だからです。

【季語‥金魚。季節‥夏】

こんな人 内藤鳴雪。正岡子規と同じ愛媛県松山出身です。四十六歳で子規に入門し、子規の日本派の長老として活躍しました。弘化四（一八四七）年〜大正十五（一九二六）年。

貰ひ来る茶碗の中の金魚かな 内藤鳴雪

21 芥川龍之介 —— 青蛙（ひらがな、カタカナ）

青蛙おのれもペンキぬりたてか　芥川龍之介
（あおがえる）　　　　　　　　（あくたがわりゅうのすけ）

訳 青蛙よ、お前がそんなに艶やかな青を持つのは、お前もペンキ塗りたてだからか。

鑑賞 「ペンキぬりたて、注意」「ペンキぬりたて、さわるべからず」などの決まり文句を、一句に取り込んだユーモア句です。

このきまり文句を、艶やかな青い色を持つ青蛙に、からかって投げかけたのです。

「おのれ」は、ふつう相手を一段低く見た言い方ですが、ここでは、青蛙を眺め、呼び掛けている人の、小さなものに対する親愛の情が感じられます。【季語…青蛙。季節…夏】

面白さ 「青蛙」以外は、かなです。青蛙が、青一色のペンキで塗られているような感じが出ています。ひらがなは、まさに乾いていないペンキといったところです。蛙の句と言えば、一茶の

痩せ蛙まけるな一茶是にあり　　　一茶

があります。この句も、一茶の痩せ蛙によせる親愛の情が感じられます。

ちなみに、ルナールの『博物誌』に、「青いとかげ」の題で、「ペンキ塗り立て、ご用心！」があります。

こんな人 芥川龍之介。東京生まれの小説家。作品に「鼻」「羅生門」「地獄変」「河童」など。昭和二年、自殺。俳号「餓鬼」。明治二十五（一八九二）年〜昭和二（一九二七）年。

48

芝不器男 ── 永き日の（古典仮名遣いの妙）

永き日のにはとり柵を越えにけり 芝不器男（しばふきお）

訳 日が永くなったある春の日、にわとりが一羽柵を越えてどこかへ行ってしまった。

鑑賞 なにやら与謝蕪村（よさぶそん）の句を思わせます。

遅き日のつもりて遠き昔かな　蕪村

不器男と蕪村の句に共通するものは、春のぼんやりとゆっくり過ぎてゆく時間（たいよ）の中に漂う永遠です。

「長き日」ではなく「永き日」です。

そして、鶏が古典仮名遣いで「にはとり」ということひらがな表記になっていることで、浮遊感（ふゆうかん）をもたらしています。飛ぶという言葉がないことで、かえって永遠の中をふわりと柵を越えてどこかへ行ってしまうにわとりがイメージされるのです。【季語…永き日。季節…春】

面白さ 安西冬衛（あんざいふゆえ）に「春」という短詩があります。

蝶が一匹歴史の彼方にある韃靼海峡（だったんかいきょう）という名の海峡を渡って行く幻想的な詩です。

てふてふが一匹韃靼海峡を渡つていつた

「てふてふ」は「ちょうちょう」と読みます。しかし、「てふてふ」は、視覚的には「てふてふ」と読みます。このてふてふがもたらす浮遊感が、この詩の命です。それと同じなのが、この俳句の「にはとり」なのです。

こんな人 芝不器男。愛媛県出身。明治三十六（一九〇三）年～昭和五（一九三〇）年。

23 篠原鳳作 ―― しんしんと（一字を味わう）

訳 しんしんと肺まで海の碧さに染まって、しんしんと静かに行く海の旅だなあ。

鑑賞 この俳句の見どころ、味わいどころは、「あおき」が「青き」とは、なっていないところです。わざわざ「碧き」となっているところに、この句の美があります。

想像してください。海のあおさに染まった海の空気を吸い込んで、しんしんと肺に海のあおさがしみ込んで行きますが、あおと言えば青です。しかし、この句のあおは「碧」です。**肺が青く染まるのではなく、碧く染まるのです。**

この「碧」は、あおと読みますが、ふつうの青ではないように読者には感じられます。ふつうの青ではない「碧」は、ふつうの世界とは別の不思議な世界に読者を誘うのです。

そして、読者は、地上を行くふつうの旅とは違う、大海原を行く不思議な海の旅を、この句を読むことで体験します。【季語‥なし。無季句】

面白さ 「しんしん」というオノマトペ（声喩）は、「しんしんと肺碧き」「しんしんと……海のたび」のように両方に掛かります。

こんな人 篠原鳳作。鹿児島県出身の新興俳句（昭和初期のモダニズム俳句）の俳人。明治三十九（一九〇六）年～昭和十一（一九三六）年。

しんしんと肺碧きまで海のたび

篠原鳳作

河東碧梧桐 ── さくら活けた（いのち）

さくら活けた花屑の中から一枝拾ふ　　河東碧梧桐（かわひがしへきごとう）

訳　活けたあと一度は捨てた桜の花屑から、一枝を再び手元に戻したことだ。

鑑賞　生け花に使わなかった花の中からこの人は、一枝拾い上げました。花屑は、屑でも美しいのです。その美しさは、その花屑の宿（やど）したいのちの輝きです。

句碑が、愛媛県松山市役所の前の御堀端にあります。碧梧桐の魅力的な字です。句碑は、もとは松山刑務所内に、情操教育のために建てられたものだそうです。

面白さ　なぜ桜が漢字でなく「さくら」とひらがなで書かれているのでしょう。

それは、漢字にすると、桜の花よりも桜の木をま

ずイメージさせてしまうからです。

「さくら」は、花びらを思わせ、優しい感じがします。

「さくら」を「桜」にしてみました。どうでしょうか。比べてみてください。

桜活けた花屑の中から一枝拾ふ

こんな人　河東碧梧桐。俳人、書家。愛媛県松山出身。岩波文庫の『碧梧桐俳句集』はこの形です。

正岡子規の優れた弟子です。新傾向俳句（しんけいこうはいく）を唱え、俳句の革新に邁進（まいしん）しました。明治六（一八七三）年～昭和十二（一九三七）年。

村上鬼城――ゆさゆさと（いのち）

訳 ゆさゆさと大枝が揺れている見事な桜であることだ。

鑑賞 訳のようにただこれだけのことです。しかし、この俳句は読む者に桜の大枝が、ゆったりと大きく揺れている様子がまざまざと迫ってきます。なぜでしょう。

それは、桜の大枝が、風でゆさゆさと揺れているのではなく、この句の中では、この大枝が自分でゆさゆさと揺れているように感じられるからです。

面白さ 俳句という短い詩だから、このように読めます。【季語‥桜。季節‥春】

普通なら「風にゆさゆさと大枝ゆるる」の「風に」が省略されたものとして読みます。

しかし、省略されたことを逆手に取って、このように深く、面白く読むことができます。

を揺すって、今、桜の木は生きていることを示しています。

こんな人 村上鬼城。群馬県高崎にあって、大正時代に、高浜虚子が主宰した俳句結社『ホトトギス』で活躍しました。慶応元（一八六五）年〜昭和十三

ではこの大枝のゆさゆさは一体何でしょう。それは、この桜の木のいのちの現れなのです。

大きな枝いっぱいに桜の花を咲かせて、大きく枝

（一九三八）年。

ゆさくと大枝ゆる、桜かな

村上鬼城

26 種田山頭火 ―― 分け入っても 分け入っても（「ても」の働き）

訳 分け入っても分け入っても、青々とした夏の深い山を抜けることができないなあ。

鑑賞 五七五にとらわれない、自由律の俳句です。口語的な文体とリズムを持っています。

では、鑑賞です。

青い山は、本来、若葉が繁る青々としたみずみずしい美しい山です。その山の中に分け入れば、幸福感につつまれるはずです。

しかし、分け入っても分け入ってもと言われると、読者には、そのみずみずしい美しさが、この人の重荷になっているように思えてきます。

理想が重荷になると言ってしまえば、それまでで

すが、読者の皆さんは、この句を何度も読んで、青い山に分け入っていく自分を体験してください。【季語：青い山。季節：夏】

面白さ ～ても～ても、のくり返しのあとには、余り肯定的でないことがきます。

しかし、この句では、「青い山」という美しいものがきます。

そうすると、「青い山」の肯定的な意味付けがゆらぎます。ここがこの句の眼目です。

こんな人 種田山頭火。山口県出身。出家し、托鉢しながら自由律俳句を作り続けました。明治十五（一八八二）年～昭和十五（一九四〇）年。

分け入っても分け入っても青い山　種田山頭火

川端茅舎――ぜんまいの（ひらがなへのこだわり）

訳 一面、のの字の形をしたぜんまいの若葉だ。すばらしい。これはもうありがたい仏様の世界、浄土だ。

鑑賞 くるくると巻いたぜんまいの若葉の形が、ひらがなの「のの」に見立てられています。

これはこれで面白いですが、「のの字」に見立てられていることを発見するだけでは、この句を読んだことになりません。

「ぜんまいのの字ばかり」の野原ですが、それは同時に「のの字ばかりの寂光土」でもあるのです。

「のの字」の「のの」はいうまでもなく、「のの様（仏様）」の「のの」です。

春の訪れを寿ぐように萌え出づるぜんまいの野が、そのまま仏の住まう浄土、寂光土になるのです。ありがたい句です。【季語…ぜんまい。季節…春】

面白さ この句では、ぜんまいの若葉の巻いた形をひらがなの「の」で表わしました。次の芳野ヒロユキの句はどうでしょう。

ぜんまいの若葉の巻いた形を

伊勢海老でええかええんかええのんか　ヒロユキ

「え」が伊勢海老に見えてきませんか。

こんな人 川端茅舎。高浜虚子の弟子。代表句「金剛の露ひとつぶや石の上」にも見られるように、浄められた世界への憧憬があります。明治三十（一八九七）年～昭和十六（一九四一）年。

ぜんまいののの字ばかりの寂光土（じゃっこうど）

川端茅舎（かわばたぼうしゃ）

久保より江 —— 冬ざれの (荘厳 [美しく飾る])

冬枯れの荒涼とした野に咲く薔薇を摘んで、わたくしの誕生日を美しく飾りましょう。

鑑賞 冬ざれのさびしい野に薔薇が咲き、冬ざれの野を美しく飾っています。

その冬ざれの野の薔薇を摘んで、同じように冬ざれのこのさびしい「わたくしの誕生日」を、華やかに美しく飾りましょう（荘厳しましょう）というのです。

つつましやかに、しかし、清らかに誕生日を祝おうとする「わたくし」がいます。【季語：冬ざれ。季節：冬】

こんな人 久保より江。ホトトギス同人。明治十七

（一八八四）年～昭和十六（一九四一）年。より江は、猫が好きな俳人だったそうです。

こんな句も

> ねこの眼に海の色ある小春かな　より江

などの句があります。

冬の初めというのにほっとする暖かさを感じる小春のある日のことです。ふとかたわらの猫の眼を見ますと、青く澄んだ海の色が広がっていました。

この人には、それが、猫の澄んだこころの色のように見えたのです。気持ちの安らぐひと時でした。

小春は冬の季語で、旧暦の十月のことです。

冬ざれの薔薇摘んでわが誕生日　久保より江

高 篤三——双六の（裏がえす）

訳 双六というものは、上がりそこなうと悲しいものだ。

鑑賞 この俳句の味噌（みそ）は、「双六に」ではなく、「双六の」となっているところです。

では、違いはなんでしょう。それは、「双六に」にすると、「上りそびれし」に掛（か）かることになり、この人の個人的体験に終わってしまいます。それが、「双六の」にすると、「かなしさよ」に掛かることになります。この人の個人的体験を越えて、双六というものの悲しさを表現することになります。

双六は、上がる上がらないをサイコロの目にまかせるところに面白さがありますが、裏を返せば、自分を越えた運に支配された世界です。それが、上がれなかった時に露（あら）わになります。露わになった時、双六というものが持つ遊技の悲しみの本質が現れます。**遊技の面白さを裏がえして見せた句です。**【季語‥双六。季節‥冬】

こんな人 高篤三。東京の浅草生れの俳人、詩人。東京大空襲（とうきょうだいくうしゅう）で亡（な）くなりました。明治三十四（一九〇一）年～昭和二〇（一九四五）年。

こんな句も 浅草（あさくさ）は今夜、十五夜より二日欠（か）けた十三夜（じゅうさんや）。わずかな淋（さび）しさが吹いています。

浅草は風の中なる十三夜　　篤三

双六（すごろく）の上（あが）りそびれしかなしさよ

高　篤三（こう　とくぞう）

杉田久女——花衣 (一語へのこだわり)

訳 花見の晴着（はれぎ）をぬぐ時には、なんと色々の紐が私にまつわりつくことだろう。

鑑賞 この俳句は、多くは花見を終え、晴着をぬぐ女性の妖艶さ（ようえん）（エロス）を描いたものとして読まれます。はたしてそうでしょうか。

この句で**注目しなければならない**のは、「まつはる」です。「まつはる」という言葉は、マイナスのイメージを持っています。何かが自分にまつわりつくことは、うっとおしいものです。うっとおしいものは、女の生にまつわりつくものでありました。

色とりどりの多くの紐に縛られなければなりません。「花衣」は、この女性にとっては、ぬぎすてたい重荷なのです。しかし、脱ごうとすればするほど、色とりどりの紐が、からまってくるのです。美しいものは、女の生にまつわりつくものでありました。

【季語…花衣。季節…春】

こんな人 杉田久女。高浜虚子の門人です。後、破門されました。明治二十三（一八九〇）年〜昭和二十一（一九四六）年。

こんな句も 久女は、日本の近代を生きる知性ある女性でした。そうした女性の葛藤（かっとう）の句です。

足袋（たび）つぐやノラともならず教師妻（きょうしづま）　久女

はねのけたいものです。

この晴着を脱ごうとしている女性もそうです。晴着という美しいものを纏（まと）うためには、うっとおしい

花衣（はなごろも）ぬぐやまつはる紐（ひも）いろ（いろ）く　杉田久女（すぎたひさじょ）

31 渡辺水巴——さゞ波は（ひらがな）

訳 春の風が吹いて来てさざ波が立ちました。それは、春立つ日を寿ぐ曲の楽譜を広げたようでした。

鑑賞 さざ波が、さっーと立ちました。今日は立春、春風がそのさざ波を立たせたのです。

さざ波は静かに広がって行きます。春立つ日を寿ぐ曲の楽譜を広げるかのように。

そして、それは、春の気配をさーっと広げました。

希望の春の訪れです。「さゞ波」「ひろげたり」と表記の妙が発揮された俳句です。以下、面白さ参照。【季語：立春。季節：春】

面白さ 「漣」という漢字を使わずに「さゞ波」となっています。「広げたり」と漢字を使わずに「ひろげ

たり」とひらがなになっているところが何とも憎いところです。

両方ともひらがなが使われているのは、波の感じを出すためです。

こんな人 渡辺水巴。東京出身。大正時代初期に、ホトトギス派の俳人として活躍。明治十五（一八八二）年〜昭和二十一（一九四六）年。

こんな句も いのちのやすらぎを描きました。「団栗」は、次へいのちをつなぐための、いのちそのものです。

団栗の己が落葉に埋れけり　　水巴

さゞ波は立春の譜をひろげたり　渡辺水巴

高浜虚子――桐一葉（上にあるものは上に）

訳 桐の葉が一葉、日に当たりながら落ちて行ったことだ。

鑑賞 大きな桐の葉が一枚、秋の日を浴びて光りながらゆっくりと落ちて行きます。

しかし、その桐の葉の輝きは、秋の日に照り映えているだけではありません。桐の葉のいのちの輝きでもあるのです。

輝きながら、いのちを全うするのです。それが、この句の美しさの源です。【季語…桐一葉。季節…秋】

面白さ 桐の葉が一葉、上から下へと落ちていく様をとらえた句です。ですから、桐一葉は上にあるのです。そのため、読者はリアルに無理なくこの句を鑑賞することができます。

次の一茶の句も、名月は一番上にあります。

名月を取つてくれろとなく子かな　　一茶

こんな人 高浜虚子。愛媛県松山出身の俳人、小説家です。正岡子規の高弟で、俳句結社『ホトトギス』を主宰した近代俳句の大御所です。明治七（一八七四）年～昭和三十四（一九五九）年。

こんな句も 竹の葉は、秋は青々し、春に黄ばみますので、「竹の春」は秋、「竹の秋」は春の季語です。でも、文字通りに①は春、②は秋に見えませんか。

① 一むらの竹の春ある山家かな　　虚子

② こゝにある離宮裏門竹の秋　　虚子

桐一葉日当りながら落ちにけり　　高浜虚子

原 石鼎 ── 青天や（対比）

【訳】抜けるような青空に、真っ白な五つの花びらの梨の花が映えて、美しいことだ。

【鑑賞】青と白の鮮やかな対比を背景に、同じ五弁の桜の花に負けない、梨の花の気高さが輝いています。「桜」という華やかな言葉に対して、「梨」という華やかさに欠けた言葉を持ってきて、このような堅固な美の世界を作り出した石鼎は、さすがです。もちろん梨には桜（書かれてはいませんが）が対比されています。【季語‥梨の花。季節‥春】

【面白さ】「青天」を一番上に持ってきたところがよいです。天は一番上がふさわしいからです。

【こんな人】原石鼎。島根県出身で、やさしい表現でありながら、味わい深い俳句を作りました。明治十九（一八八六）年〜昭和二十六（一九五一）年。

【こんな句も】頂上に到れば、そこではとりわけ野菊が風に吹かれ美しく揺れていました。

　頂上や殊に野菊の吹かれ居り　　石鼎

美しい野菊を見た人の「殊に」という野菊への思い入れによって、野菊は、かすかに清楚な人の気配を立ち上がらせます。それが、この句の眼目です。

「梨の花」の句も同じように読むことができます。美しい梨の花を見た人の、「の花」という梨への思いがこもった言葉よって、梨は白く気高い人の気配をそこはかとなく立ち上がらせるのです。

青天や白き五弁の梨の花

原 石鼎

34 鈴木しづ子 —— コスモスなど（擬人法〔活喩〕）

訳 コスモスなんかに優しく息を吹きかけたら、もう死ねないよ。

鑑賞 コスモスは美しい花ですが、バラなどと違って、どうってことのない花です。そんなどうってことのない花に優しく息を吹きかけたら、「私はもう死ねないよ」と、女の人は言います。なぜでしょう。

それは、**彼女に優しく息を吹きかけられたコスモスの花が揺れ、心あるものとなる**からです。彼女は、かすかに揺れたコスモスの花が、揺れて優しく愛らしく彼女に応えてくれたのを見たのです。**孤独な、どうってことのない彼女をコスモスは救います**。

こんな人 鈴木しづ子は、大正八（一九一九）年、東京に生れます。彼女は、婚約者を戦争で失います。そして、終戦後、ダンサーとして働き、恋人のアメリカ兵と暮らしていました。その彼もじきに亡くなり、彼女は、その後すぐに失踪しました（昭和二十七（一九五二）年）。こんな中で、彼女は、斬新で、官能的で、素敵な俳句を数多く作りました。それは、彼女に優しく息を吹きかけられたコスモスの花が揺れ、心あるものとなるからです。

こんな句も 男に、衿足にある黒子を見つけられました。

あきのあめ衿の黒子をいはれけり　しづ子

言われた女は、身体全体を見られてしまったかのように思ったのです。さびしい秋の長雨が降り続くもの憂い日のことでした。官能的な句です。

コスモスなどやさしく吹けば死ねないよ　鈴木しづ子

前田普羅──うしろより（初もの）

訳 私の背後から初雪が降ってくる。夜の街を歩いていると。

鑑賞 清らかな汚れのない初雪は、人の目に触れずに、うしろから降るのです。

漢字は最低限にしてあります。そして、「うしろより」と「ふれり」と「の」のひらがなの効果で、白い雪の降ってくる様子を目に見えるように表しています。【季語…初雪。季節…冬】

面白さ 俳句は初ものが大好きです。この場合の「初もの」とは、汚れの無いまっさらな状態や物を指します。たとえば、初しぐれに小さな無垢の猿を配した松尾芭蕉の

初しぐれ猿も小蓑をほしげなり　　芭蕉

や、初蝶の黄が美しく輝いて見える高浜虚子の

初蝶来何色と問ふ黄と答ふ　　虚子

三十歳になった自分の袖・袂から生れ出たように思った初蝶を見て、真剣に人生を生き直そうとする三十男を詠んだ石田波郷の

初蝶やわが三十の袖袂　　波郷

など、枚挙にいとまがありません。

こんな人 前田普羅。東京出身です。大正時代の『ホトトギス』（高浜虚子が主宰する俳句の結社）を代表する俳人の一人です。明治十七年（一八八四）～昭和二十九（一九五四年）。

うしろより初雪ふれり夜の街
前田普羅

36

高橋淡路女 ── 緋桃見る (近景─遠景)

緋桃見るわが青春は遠く去り 高橋淡路女

訳 緋桃の濃い紅色の花を見ていると、わたしの青春も遠くへ去って行ってしまったなあ、としみじみ思われるのだ。

鑑賞 緋桃の濃い紅色の花が、密集して燃え立つように咲いています。

その緋桃の花は、見る者に青春の熱き思いを一瞬掻き立てます。

しかし、掻き立てられた一瞬の熱き思いは、却って自らの青春が今や遠くへ去ってしまったことを思い知らされるのです。麗しのわが青春への挽歌です。

【季語‥緋桃。季節‥春】

面白さ この俳句は、近くの緋桃と遠くの青春とい

う、時間、空間にとらわれない近景─遠景からなっています。

そして、近景─遠景の遠近法は、句に奥行きをもたらします。

また、緋桃の緋色と青春の青の対比が、テーマにふさわしい美しい世界を出現させています。

こんな人 高橋淡路女。神戸出身。高浜虚子が主宰する『ホトトギス』で活躍し、大正十四（一九二五）年、『雲母』主宰の飯田蛇笏に師事しました。俳号は淡路島から。明治二十三（一八九〇）年～昭和三十（一九五五）年。

63

松本たかし──ひく波の（両掛かり）

訳 砂浜の波が引いた跡は美しいなあ。しかも、美しい桜貝の貝殻も打ち寄せられている。

鑑賞 砂浜を、波が美しい跡を残して引いて行きました。その美しい跡に残された桜貝。そのなんと美しいことでしょう。

といった、岸辺のなんてことのない出来事に美を見出した俳句です。

この句は、「ひく波」と、引くが、「引く波」ではいけません。引いたあとの美しく清らかな砂浜が、「ひく」というひらがなになっているところが、味噌です。「ひく」

面白さ この句は、「ひく波の跡美しや」と「美しや桜貝」と、「美しや」を上と下に掛けて読みます。

まず、波が引いた跡の浄められたかのように美しい砂浜が現れます。そして、その浄められたかのように美しい砂浜の上に、残された一つの美しい桜貝を発見するのです。

まさに、美の上に美が重なる、美の二乗のような俳句です。

こんな人 松本たかし。東京の能役者（のうやくしゃ）の家に生まれました。平易な言葉で美しい俳句を作りました。明治三十九（一九〇六）年〜昭和三十一（一九五六）年。

ひく波の跡美しや桜貝（あと）（さくらがい）
松本たかし（まつもと）

貝。【季節‥春】

【季語‥桜貝。】

日野草城 ── やはらかき（ひらがな）

訳 やわらかいものは唇だ。しかし、それは、梅雨（つゆ）のころの暗さ、五月闇のようだ。

鑑賞 ひらがなのやわらかい感じがうまく使われた俳句です。字面（じづら）を見るだけで唇のやわらかさが感じられます。古典仮名遣いの「やはらかき」がこれまたうまく効いています。

やわらかさは、心地よいものです。

ところがです。この心地よいはずのやわらかい唇の感触は、闇だというのです。

梅雨（五月雨（さみだれ））の厚い雨雲が世界を覆っています。

世界は闇の中にあります。その闇の向うに女性の真っ赤な唇が浮かんでいます。蠱惑的（こわくてき）にねっとりと。

【季語‥五月闇。季節‥夏】

面白さ 言い忘れました。どこにも、キス（接吻（せっふん））などと、書いてありませんが、これはもちろんキスの俳句です。キスなどと直接的な言葉がない方が、味わい深いです。

こんな人 日野草城。東京出身。昭和初期の新興俳句の推進者。モダンな抒情が漂（ただよ）う俳句を作りました。

明治三十四（一九〇一）年～昭和三十一（一九五六）年。

こんな句も

秋の夜や紅茶をくゞる銀の匙（さじ）　草城

珈琲（コーヒー）や夏のゆふぐれながかりき　草城

やはらかきものはくちびる五月闇（さつきやみ）　日野草城（ひのそうじょう）

39 飯田蛇笏——戦死報（一語へのこだわり）

訳 戦死の知らせが、秋の日が暮れてついにやってきた。

鑑賞 秋の日がさびしく暮れてあたりが暗くなってきました。すると、その暗さとともに愛するわが子の戦死報がやってきたのです。

「届きけり」ではなく、「きたりけり」となっているところがこの句の見どころです。

「きたりけり」と書かれますと、「戦死報」だけが秋の日暮の中を、どこからともなくやってきたように感じられます。戦死報が運命のようにやってきたのです。この人は、「きたりけり」と、言い切ることで、その運命を受け入れたのでした。【季語…秋の日。季節…秋】

こんな人 飯田蛇笏。山梨県に住み全国的な結社『雲母』を指導しました。明治十八（一八八五）年～昭和三十七（一九六二）年。

蛇笏には四人の男の子がいました。次男数馬氏は、昭和十六年に病死。長男聡一郎（鵬生）氏は、昭和十九年にレイテ島で戦死。三男麗三氏は、昭和二十一年に外蒙古で戦病死。この句は、昭和二十二年に長男聡一郎氏の戦死公報が届いた時のものです。なお、四男は俳人の飯田龍太氏です。本書は、俳句を伝記的に読まないのですが、この句だけは背景を紹介しました。

戦死報秋の日暮れてきたりけり　飯田蛇笏

66

西東三鬼 —— 水枕（オノマトペ〔声喩〕）

訳 寝返りを打ったら水枕がガバリと鳴った。そうしたら、ガバリと寒い海が現れた。

鑑賞 この句の「ガバリ」は、「水枕ガバリと」と「ガバリと寒い海がある」のように、上の言葉と下の言葉の両方に掛けて読みます。

病気で寝ている人の水枕が、その人が動くことでガバリと音を立てました。そうしたらそこに、「ガバリと寒い海」が現れます。死への恐怖が寒い海となって人物を襲うのです。

そして、この場合の「ガバリ」は、不気味な波の音を連想させ、リアルに読者に迫ります。【季語：寒い海。季節‥冬】

面白さ 句の途中に来るオノマトペの面白いところは、「水枕」の句で見たように、読みようによっては、上と下の両方に掛かることです。

次の日野草城の句も同じです。春先の大事な試験の日の空は、青々と晴れ渡った良い日でした。その試験も青々ときれいにさっぱり終わったのです。

　　大試験空あをあをと果てにける　　草城

こんな人 西東三鬼。戦前の新興俳句（モダニズム俳句）の中心作家の一人として活躍しました。昭和十五年、治安維持法違反で検挙され、執筆活動停止になりました。明治三十三（一九〇〇）年〜昭和三十七（一九六二）年。

水枕（みずまくら）ガバリと寒い海がある

西東三鬼（さいとうさんき）

西東三鬼——広島や（いのち）

訳 ここは広島！　卵を食べる時は、ただ口をぽっかりひらくだけ。

鑑賞 広島の惨状を前にした、この人物のぽっかりと開いた口の中に、**死んだばかりのいのち、ゆで卵**が飲み込まれようとしています。そこが広島であるということ以外に、なんの意味づけもされずに。

「口」という漢字と「ひらく」というひらがな表記による「口ひらく」が、空虚な感じを読者に与えます。

面白さ 新俳句人連盟機関雑誌『俳句人』昭和二十二（一九四七）年五月号に発表された時は、

　　広島や物を食ふ時口ひらく　三鬼

でした。三鬼が「物」を「卵」に変えた理由は、おわかりでしょう。

三鬼は、昭和二十一年七月、広島に立ち寄りました。年譜には「夏、広島に行き原爆の惨状を見る」とあります。

こんな人 西東三鬼。岡山県津山出身。戦後は、現代俳句協会設立や、山口誓子を擁して俳誌『天狼』を創刊するなど活躍しました。

鑑賞〔続き〕広島をテーマにした俳句の傑作です。もともと無機的な戦争の極限である原爆投下ですから、当然無季句です。【季語…なし。　無季句】

広島や卵食ふ時口ひらく　　西東三鬼

富澤赤黄男 —— 南国の

南国の（この）

訳 南国のこの早熟の青い貝よ。おまえは美しい！そのため読者に無理なく受け入れられます。

鑑賞 すべての言葉がうまくつながっています。そのため読者に無理なく受け入れられます。

南国は当然暖かいです。暖かいから早く成長します。

その早く成長した青い貝は、青二才などに使われる青、すなわち未熟の意味もった青を頭に付けた青い貝なのです。早熟な未熟な青い貝というわけです。

しかし、青いがゆえに美しいのです。

その早熟な未熟な青い貝を身近なもの、「この早熟の青貝」としてこの人は愛します。早熟ゆえに未熟さを残したこの愛らしい青い美しい貝を愛でるの

です。

精神的に不安定な時である青春の美しさが情感を込めて描かれています。南国とは、青春のことかもしれません。【季語…なし。無季句】

面白さ このがあのだったらどうでしょう。

南国のあの早熟の青貝よ

読者はこの句を身近に感じないでしょう。このは、読者を引き付ける方法でもあるのです。

こんな人 富澤赤黄男。愛媛県出身で、モダニズム俳句を推し進めた俳人です。明治三十五（一九〇二）年〜昭和三十七（一九六二）年。

南国のこの早熟（そうじゅく）の青貝（あおがい）よ

富澤赤黄男（とみざわかきお）

43 久保田万太郎 ── 湯豆腐や（ひらがな）

訳 湯豆腐を食べていると、いのちが果てた後のあの世の薄明かりが、湯気の向こうに見えるなあ。

鑑賞 寒い冬の夜に、暖かい湯豆腐を食べると身もこころも生き返ったようになるのが普通です。

しかし、この人は、反対に湯豆腐を食べている時、盛んに立ち上る湯気の向うに見えたぼんやりした明かりに、命が果てたあとに行かねばならないあの世を見たのです。

あわただしく過ぎる日常生活の合間の、何かほっとした刹那にふっと沸き起こる生への不安が、一句の読みどころです。【季語…湯豆腐。季節…冬】

面白さ 「湯豆腐や」の「や」から「うすあかり」ま

で、すべてひらがなです。このひらがなは、湯気そのものなのです。ひらがなの形が立ち上る湯気に見えてきませんか。

　　湯気をひらがなで表している

　　湯豆腐やいのちのはてのうすあかり　万太郎

その一本のひらがなでできた湯気が、幽界（ゆうかい）（あの世）と顕界（けんかい）（この世）の境にもやもやとあるのです。

文字の形が、物の形を表している句です。

こんな人 久保田万太郎。東京浅草生まれ。明治二十二（一八八九）年～昭和三十八（一九六三）年。文人俳句の作家。小説家、劇作家。

湯豆腐やいのちのはてのうすあかり 久保田万太郎（くぼたまんたろう）

橋本多佳子──雄鹿の（作者と句の中の人物）

訳 雄鹿の前でわたくしも、思わず、雄鹿のようにあらあらしい息づかいをしてしまったことだ。

鑑賞 俳句の下に橋本多佳子とありますから、読者は、作者の橋本多佳子はかなり性的に大胆な人だと思うでしょう。

しかし、雌鹿を求める雄鹿の前に立つ「吾（われ＝わたくし）」は、作者の多佳子が作り立たせた女性であり、多佳子自身ではありません。

ここが多佳子のすごいところです。

面白さ この句には、実は女性らしさが表現されています。

それは、「吾」の息する様子が、「あらあらしき息す」と、ひらがなで書かれていることです。

「荒々しき息す」では、雄鹿の息と同じになってしまいます。優しい荒々しさなのです。

こんな人 橋本多佳子。東京出身。山口誓子に師事し、戦後は俳壇のスターに。多佳子は美しかったと、わが師、小川双々子の言です。明治三十二（一八九九）年〜昭和三八（一九六三）年。

雄鹿を求める雄鹿の前に立たせた「吾（女性）」にも、あらあらしい息をさせることで、女性の深奥から湧きおこるエロス（性愛）の姿を描いたのです。【季語…雄鹿。季節…秋】

雄鹿の前吾もあらあらしき息す　橋本多佳子

松根東洋城 —— 金銀瑠璃硨磲（漢字へのこだわり）

訳 金・銀・瑠璃・硨磲・瑪瑙・琥珀に葡萄を供え、この七宝で貴い仏塔を造ろう。

鑑賞 一番上の「金」の字の「人」が、屋根に見えませんか。この句は金の字を天辺に戴いた金殿玉楼ならぬ、七宝を意味する様々な漢字によって造られた七重の仏塔なのです。

塔は、最上層の七層目が金、六層目が銀、五層目が瑠璃、四層目が硨磲（シャコ貝）、三層目が瑪瑙、二層目が琥珀ですが、一層目が珊瑚などの宝石ではなく、葡萄です。

この「葡萄」は、季節のお供えもの（季語）です。葡萄は、一粒一粒宝石のように美しく、文字の造りも、堅固です。しかも異国のものです。一層目として問題はありません。どうか漢字の仏塔の美しさを味わってください。【季語‥葡萄。季節‥秋】

面白さ 句の最後はひらがな「かな」です。塔の下には、仏舎利（仏様のお骨）が収められていますので、それかもしれません。ひらがなには白のイメージがありますから。

こんな人 松根東洋城。宮内省時代、大正天皇から俳句とはどういうものかと聞かれて、「渋柿のごときものにては候へど」と答えた話は、有名です。東京出身。明治十一年（一八七八）〜昭和三十九年（一九六四）年。

金銀瑠璃硨磲瑪瑙琥珀葡萄かな　松根東洋城

木下夕爾 ── 鐘の音を（音のくり返し）

訳 まだ響いている鐘の音を追うように次の鐘の音が響いてくる春ののどかな昼だなあ。

鑑賞 鐘の音だけが春の陽気の中をのどかに響いて行きます。それも、先の鐘の音が終わらぬうちに、また次の鐘の音が追って来るのです。

遠くの方から遠くの方へやわらかい鐘の音が響いて行きます。

眠くなるようなうららかな春の昼がここにあります。

面白さ この句は、含まれている音が面白い効果を上げています。まず、「ね」の音を内に二つ持つ、「鐘の音」がくり返されています。それが、あたかも鐘の音のように感じられます。

かねのねをおうかねのねよはるのひる

そして、「はるのひる」と続く「る」の音のくり返しがのどかさを加えています。

こんな人 木下夕爾。広島県福山出身の詩人、俳人です。久保田万太郎の俳誌『春燈』同人。俳誌『春雷』を創刊し、主宰。詩集『生まれた家』、句集『遠雷』などがあります。大正三（一九一四）年〜昭和四十（一九六五）年。

こんな句も 美しいものに、どこまでもさえぎられています。甘美な悲しさがここには、あります。

別れ来しコスモスの柵長かりし

鐘の音を追ふ鐘の音よ春の昼　木下夕爾

47 小川双々子——倒れて咲く（くり返し）

訳 倒れても咲いている野菊を一生懸命励まし、日が当たっていることだ。

鑑賞 「野菊よ野菊よ」のくり返しは、太陽（日）が暖かな光を限りなく投げかけ、「野菊よ立ちなさい、野菊よ立ちなさい」といつまでも野菊を励ましていることを表現しています。

そこには、倒れても咲いている野菊に、なおも命の輝きを失わない姿を見て感動している人がいます。【季語‥野菊。季節‥秋】

面白さ 「野菊よ野菊よ」という呼びかけの言葉によって、日が擬人化されています。日が「野菊よ野菊よ」と呼び掛けているのです。

そのように呼び掛けられることによって野菊もまた擬人化され、日常の光景を超えた救いの世界が現れることになります。

こんな人 小川双々子。岐阜県出身。愛知県一宮市にあって、俳句結社『地表』を主宰。山口誓子の主宰する俳句結社『天狼』同人。句集に『囁囁記』など。大正十一（一九二二）年～平成十八（二〇〇六）年。

こんな句も 同じころの俳句です。枯れ菊を燃やしたほのかな香りが煙となって天に昇ります。そのほのかな香りが天を動かすのを待とうというのです。天とは、この場合、自分の運命を司る存在です。

　枯菊を焚き天よりの声を待つ　双々子

倒れて咲く野菊よ野菊よと日当る　小川双々子

74

和泉式部と
藤原保昌の
愛の物語

恋の歌と言えば、男なら在原業平（ありわらのなりひら）（八頁参照）、女なら和泉式部（いずみしきぶ）（一一頁参照）です。

物思（ものおも）へば沢（さわ）の蛍もわが身（み）よりあくがれ出（い）づる魂（たま）かとぞ見る

和泉式部

「恋する人のことを思い悩んでいると、谷川を光りながら飛ぶ蛍は、私の体からさまよい出た魂ではないかと思われてならないのです。」

これは、和泉式部が、最後の夫となる藤原保昌（ふじわらのやすまさ）につれなくされていた時の歌です。保昌と言えば、大盗賊、袴垂（はかまだれ）を震え上らせたほどの武勇の誉れ高い人物です。

その保昌へのつのる思いを、和泉式部は、鞍馬（くらま）にある貴船神社（きふねじんじゃ）（京都市）の神様、貴船明神（みょうじん）に訴えたのです。何とかしてください、と。そこで、神様もこの歌にたいそう感じ入って、というより、魂が自分から出ていって蛍となってふらふらしていると詠（うた）う彼女の身を案じて、歌を返されました。和泉式部には、男の声ではっきり聞こえたそうです。

奥山（おくやま）にたぎりて落（お）つる滝（たき）つ瀬（せ）にたま散るばかり物（もの）な思（おも）ひそ

貴船明神

「奥深い山の中で激しく落ちる滝の水の玉となって散るほどに思いつめるではないぞよ。」

神様は、彼女の魂がばらばらに飛び散らないように願われました。

ご利益があってか、その後、和泉式部は保昌とみごと添い遂げることになります。彼女が、この保昌の任地の丹後国（たんごのくに）にいた時に起こった事件が、有名な「天の橋立」の歌事件です。このことについては、彼女の娘の小式部内侍（こしきぶのないし）のところ（一二頁）でお話ししました。

能因法師の
お宝くらべ

能因法師は、平安時代中ごろに活躍したすぐれた歌人ですが、マニアックなところのある人でした。そんな能因と歌（うたまくら）（歌に詠む由緒ある地）が乗り移った霊験あらたかな物とのエピソードを紹介しましょう。

能因法師は、同じくらいマニアックな人物である藤原節信（ふじわらのときのぶ）と、初対面で意気投合しました。そこで、能因は、秘蔵の物をどうしても節信に見せたくなったのです。ふところから取り出したのは、小さな錦の袋でした。その中には一筋の鉋くず（かんな）が入っていました。

能因は言いました。「これは、私の大切な宝物です。かの有名な歌枕で、今はすでに無い長柄の橋*（ながら）を作る時に出た鉋くずです。」*今の大阪市の長柄川にかかっていた橋。

それを聞いた節信は、断然うれしくなって、彼もふところから紙に包んだ物を取り出したのです。節信が開いて見せたのは、なんとカエルのミイラでした。

節信いわく。「これこそ、かの有名な歌枕、井手（いで）*のカエルです。」*今の京都府井手町。

井手は、カエルの鳴き声と山吹の名所です。鉋くずとカエルのミイラに感動し合った二人は、お互いにお宝を大切にふところにしまい、大満足で別れたのでありました。

では、長柄の橋（古い物の象徴）と井手のカエル（河鹿（かじか））の歌をご紹介しましょう。

世の中にふりぬる物はつのくにのながらの橋と我となりけり 『古今和歌集』

「世の中で古くなってしまう物は摂津国（せっつのくに）の長柄の橋とこの私だ。」

かはづなくゐでの山吹ちりにけり花のさかりにあはまし物を 『古今和歌集』

「蛙が鳴く井手（ゐ）の山吹は散ってしまった。花の盛りのころに来ればよかった。」

紀友則も
人が悪い

紀友則は、『土佐日記』で名高い紀貫之のいとこです。百人一首にある擬人法の歌、

ひさかたの光のどけき春の日にしづごころなく花の散るらむ

友則

「のどかな春のひざしの中に咲いているのに、桜の花は、なぜか心がおだやかでないようだ。はらはらと花が散っていることだ。」

は有名です。この友則、憂いに満ちた歌をいくつも作った人ですが、人を欺くような歌も作っています。一○頁の友則の歌のところで述べた寛平御時后宮歌合に出した歌です。

春がすみかすみていにしかりがねは今ぞなくなる秋霧のうへに

友則

「春霞のころかすんで消えて行くように去って行った雁は、今、まさに鳴いている。この秋霧の上の方で。」

では、なぜこの歌が人を欺くことになるのでしょうか。それは、后宮歌合では、友則の番の題は「初雁」だったからです。歌合では、何組もの人が、同じ題で左右に分かれて、何番も歌の良し悪しを競います。

この場合、左方の友則の歌がまず朗詠されました。「春がすみ〜」と。右方の人たちは、大笑いです。

題の「初雁」は、秋なのです。何をとんちんかんなことを、というわけです。

しかし、あとの「かすみていにし〜」を聞くに及び「……（沈黙）」というわけです。

もちろん、友則は、最初から右方を、俗な言葉で言えば引っ掛けるつもりだったのです。

伊勢大輔、藤原道長を感嘆させる

伊勢大輔は、藤原道長の娘で一条天皇の中宮（皇后）彰子に仕えた女房です。その大輔がまだ仕え始めたばかりのころのことです。

年に一度、奈良から八重桜の枝が宮中にもたらされます。

いつもなら、先輩の紫式部がそれを取り次いで、それに自作の歌をそえるのですが、式部は、「今年は、そのお役目を、大輔にゆずりましょう」と言いました。

伊勢大輔に素晴らしいお役目が回ってきたのです。しかし、しくじれば恥をかきます。

しかも伊勢大輔は、歌上手の家柄なのです。

大輔は、奈良からの八重桜を取り次いで中宮に献上しました。

ところが、中宮の御前にいた藤原道長は、「花は来たが、歌が遅い遅い」といらだちました。

しかし、その言葉の終わる間もなく、大輔は素晴らしい歌を披露しました。

いにしへの奈良の都の八重桜今日九重ににほひぬるかな

伊勢大輔

[絢爛と咲き誇るように栄えていた昔の奈良の都の八重桜が、今日は、ほかならない九重と言われる宮中で美しく咲き誇っていることだ。]

「いにしへ」と「今日」の対比、「都」に「今日（京）」の掛詞、それに「八重」に「天皇の住まい九重」という八九の畳みかけが見事です。さらに万葉集の名高い歌「青丹よし奈良の都は咲く花の薫ふがごとく今盛りなり（小野老）」も踏まえているに違いありません。

この歌を聞いて、その場にいた人たちは、いつの間に作ったのだろうと感嘆するばかりでした。もちろん、道長も。

大輔はその後、歌の世界で長く活躍しました。

出典及び主な参考文献・注

本書の表記は出典に従いましたが、読者の便宜をはかり、振り仮名を漢字、古典仮名遣いに、現代仮名遣いで適宜つけさせていただきました。なお、漢字はすべて新字体にいたしました。＊印は参考文献、注です。

名歌の不思議、楽しさ、面白さ

1 高木市之助他校注『万葉集一』日本古典文学大系4、岩波書店、一九五七年。

2 高木市之助他校注『万葉集四』日本古典文学大系7、岩波書店、一九六二年。

3 久曾神昇全訳注『古今和歌集三』講談社学術文庫、一九八二年。

＊阿部俊子全訳注『伊勢物語上』講談社学術文庫、一九七九年。

4 久曾神昇全訳注『古今和歌集一』講談社学術文庫、一九七九年。

5 久曾神昇全訳注『古今和歌集一』講談社学術文庫、一九七九年。

6 久保田淳・平田喜信校注『後拾遺和歌集』岩波文庫、二〇一九年。

7 有吉保全訳注『百人一首』講談社学術文庫、一九八三年。

＊安東次男『百人一首』新潮文庫、一九七六年。

8 峯村文人校注・訳『新編 新古今和歌集』新編・日本古典文学全集43、小学館、一九九五年。

＊西郷竹彦著『増補・合本 名句の美学』黎明書房、二〇一〇年。

9 安東次男『百人一首』新潮文庫、一九七六年。

10 『橘曙覧全歌集』岩波文庫、一九九九年。

11 土屋文明他編『正岡子規全歌集』竹乃里歌、一九五六年。

12 久保田正文編『新編 啄木歌集』岩波文庫、一九九三年。古典仮名遣いへの振り仮名を除き、振り仮名は原文のまま。

＊西郷竹彦著『啄木名歌の美学』黎明書房、二〇一二年。

13 『正岡子規・伊藤左千夫・長塚節集』現代日本文学大系10、筑摩書房、一九七一年。

14 『長塚節全集第三巻』春陽堂、一九二六年。

15 斎藤茂吉他選『赤彦歌集』岩波文庫、一九三六年。

16 伊藤一彦編『若山牧水歌集』岩波文庫、二〇〇四年。

17 与謝野晶子『みだれ髪』東京新詩社・伊藤文友館、一九〇一年。

18 高野公彦編『北原白秋歌集』岩波文庫、一九九九年。

19 『日本の詩歌7』中公文庫、一九七六年。

20 山口茂吉他編『斎藤茂吉歌集』岩波文庫、一九五八年。

21 今西幹一他著『桐の花/酒ほがひ』和歌文学大系29、明治書院、一九九八年。

名句の不思議、楽しさ、面白さ

1 井本農一・堀信夫注解『松尾芭蕉①』新編・日本古典文学全集70、小学館、一九九五年。

＊菅谷規矩雄『詩的リズム―音数律に関するノート―』大和書房、一九七八年。

2 井本農一・堀信夫注解『松尾芭蕉①』新編・日本古典文学全集70、小学館、一九九五年。

3 栗山理一他校注・訳『近世俳句俳文集』日本古典文学全集42、小学館、一九七二年。

＊捨女を読む会編著、自筆句集の翻刻『捨女句集』和泉書院、二〇一六年。

4 栗山理一他校注・訳『近世俳句俳文集』日本古典文学全集42、小学館、一九七二年。

5 栗山理一他校注・訳『近世俳句俳文集』日本古典文学全集42、小学館、一九七二年。

6 栗山理一他校注・訳『近世俳句俳文集』日本古典文学全集42、小学館、一九七二年。

7 栗山理一他校注・訳『近世俳句俳文集』日本古典文学全集42、小学館、一九七二年。

8 復本一郎校注『鬼貫句選・独ごと』岩波文庫、二〇一〇年。

9 栗山理一他校注・訳『近世俳句俳文集』日本古典文学全集42、小学館、一九七二年。

10 栗山理一他校注・訳『近世俳句俳文集』日本古典文学全集42、小学館、一九七二年。

11 晖峻康隆他校注『蕪村 一茶集』日本古典文学大系58、岩波書店、一九五九年。

12 栗山理一他校注・訳『近世俳句俳文集』日本古典文学全集42、小学館、一九七二年。

13 栗山理一他校注・訳『近世俳句俳文集』日本古典文学全集42、小学館、一九七二年。

14 晖峻康隆他校注・訳『蕪村 一茶集』日本古典文学全集42、小学館、一九七二年。

15 栗山理一他校注・訳『近世俳句俳文集』日本古典文学全集42、小学館、一九五九年。

16 晖峻康隆他校注・訳『蕪村 一茶集』日本古典文学大系58、岩波書店、一九五九年。
落合直文『国民の友』明治23年（山本正秀『近代文体形成資料 発生篇』六五二～六六二頁）国語史資料の連関・国語史グループ http://kotobakai.seesaa.net/article/823875.html

17 高浜虚子選『子規句集』岩波文庫、一九九三年。

18 和田茂樹編『漱石・子規往復書簡集』岩波文庫、二〇〇二年。
＊芭蕉の「武蔵野や一寸ほどな鹿の声」の頭注に、「一寸ほどなる」の「る」が脱落したもの。中世から近世にかけて用いられた」とあります。（井本農一他注解『松尾芭蕉集①』新編・日本古典文学全集70、小学館、一九九五年。

19 村上護編『尾崎放哉全句集』ちくま文庫、二〇〇八年。

20 『現代俳句集成第二巻』河出書房新社、一九八二年。

21 加藤郁乎編『芥川竜之介俳句集』岩波文庫、一九九八年。
ルナール、辻昶訳『博物誌』岩波文庫、一九九八年。

22 『鳴雪句集』ちくま文庫、二〇一二年。

23 『篠原鳳作全句文集』沖積舎、一九八〇年。

24 『定本芝不器男句集』河出書房新社、一九八二年。
愛媛県松山市役所前のお濠端の句碑。

＊昭和七年松山刑務所内に建立の句碑を、昭和二十八年ここに移した。

25 『定本村上鬼城句集』三省堂、一九四〇年。

26 村上護編『山頭火句集』ちくま文庫、一九九六年。

27 『定本川端茅舎句集』『現代俳句集成第七巻』河出書房新社、一九八二年。

28 『現代名家 女流俳句集』交蘭社、一九三六年。

29 現代俳句協会青年部編『新興俳句アンソロジー』ふらんす堂、二〇一八年。

30 杉田久女句集（抄）『現代俳句集成第九巻』河出書房新社、一九八一年。

31 渡邊水巴句集『現代俳句全集第二巻』冨岳本社、一九四七年。

32 高浜虚子『虚子五句集（上）』岩波文庫、一九九六年。

33 原石鼎『花影』改造社、一九三七年。

34 鈴木しづ子『夏蜜柑酸つぱしいまさら純潔など―句集『春雷』『指輪』河出書房新社、二〇〇九年。

35 普羅句集『現代俳句集成第七巻』河出書房新社、一九四九年。

36 『雲母代表作句集 第一輯』雲母発行所、一九五二年。

37 『野守』『現代俳句集成第七巻』河出書房新社、一九八二年。

38 『日野草城句集』角川文庫、一九五二年。

39 飯田蛇笏生誕百年記念実行委員会編『新編 飯田蛇笏全句集』角川書店、一九八五年。

40 『西東三鬼句集』角川文庫、二〇一七年。

41 『西東三鬼全句集』角川文庫、二〇一七年。

42 『天の狼』『現代俳句集成第七巻』河出書房新社、一九八二年。

43 久保田万太郎句集『流寓抄以後』文藝春秋新社、一九六三年。

44 『橋本多佳子句集』角川文庫、二〇一八年。

45 『東洋城千句集』『現代俳句集成第十三巻』河出書房新社、一九八二年。

46 『定本木下夕爾句集』『現代俳句集成第十三巻』河出書房新社、一九八二年。

47 『小川双々子全句集』沖積舎、一九九〇年。

和歌を物語で楽しむ

1 高橋貢全訳注『古本説話集上』講談社学術文庫、二〇〇一年。

2 藤岡忠美校注『袋草紙』新日本古典文学大系29、岩波書店、一九九五年。

3 橘成季『古今著聞集』有朋堂書店、一九二六年。
＊『春がすみ』の歌は、『古今和歌集』では、よみ人しらずになっている。

4 高橋貢全訳注『古本説話集上』講談社学術文庫、二〇〇一年。

編著者紹介

武馬久仁裕

　1948 年愛知県生まれ。名古屋大学法学部政治学科卒業，東洋政治思想史専攻。俳人。現代俳句協会理事。東海地区現代俳句協会副会長。日本現代詩歌文学館振興会評議員。船団会員。

　主な著書に『G 町』(弘栄堂)，『時代と新表現』(共著，雄山閣)，『貘の来る道』(北宋社)，『玉門関』『武馬久仁裕句集』(以上，ふらんす堂)，『読んで，書いて二倍楽しむ美しい日本語』(編著)，『武馬久仁裕散文集　フィレンツェよりの電話』『俳句の不思議，楽しさ，面白さ』『子どもも先生も感動！　健一＆久仁裕の目からうろこの俳句の授業』(共著)『誰でもわかる日本の二十四節気と七十二候』(「文学で味わう二十四節気」「文学で味わう七十二候」「四季の詩歌を楽しむ」執筆)(以上，黎明書房) 他。

誰でもわかる名歌と名句

2020年5月25日　　初版発行

編 著 者	武　馬　久　仁　裕	
発 行 者	武　馬　久　仁　裕	
印　　刷	株 式 会 社 太 洋 社	
製　　本	株式会社澁谷文泉閣	

発 行 所　　　　　　　株式会社　黎 明 書 房

〒460-0002　　名古屋市中区丸の内3-6-27　EBS ビル
☎ 052-962-3045　　FAX052-951-9065　　振替・00880-1-59001
〒101-0047　　東京連絡所・千代田区内神田1-4-9　松苗ビル 4F
☎ 03-3268-3470